红尘相遇，一念一生

桑妮 /作品/

古典诗词里的凄美情事

湖南文艺出版社
HUNAN LITERATURE AND ART PUBLISHING HOUSE

博集天卷
CS-BOOKY

愿得一心人，白首不相离

林花谢了春红，太匆匆。无奈朝来寒雨晚来风

易求无价宝，难得有情郎

人生若只如初见，何事西风悲画扇

征鸿过尽，万千心事难寄

浮生若梦，为欢几何

山盟虽在，锦书难托

从前，日色是慢的，人心是静的。遇见一个心仪的人，会在心底久久爱慕着，夜夜辗转难眠，便将诸多情愫倾注于笔端，写成一首诗或一阕词。

那时，月满西楼，人倚轩窗，悄然打开诗笺、词笺，眼底全是情思脉脉，字句间皆是抵死缠绵。

这样的爱情那么美，那么浪漫，让后世的人艳羡不已。

最喜在温柔灯光下读这些情话万千的诗词，跟随李商隐、李煜、苏轼、李清照、陆游、纳兰容若……在他们的诗词里缓缓而行，仿佛在明媚春日，经过他们的爱情，感受他们的美好与忧愁。

或许，等一首好诗、一阕好词，漫长如一生。只有慢一点，才能写出如此让人柔肠百结的浪漫情话；只有慢一点，才能仔细寻觅到自己盼望得到的那份情。

《牡丹亭》里写："情不知所起，一往而深。生者可以死，死可以生。"寥寥数字，将世间爱情的摇荡人心写得清晰了然。

写这本书，是为了更好地将那些美好的爱情一一铺陈。虽然那些人早已在时光中走散，但他们的爱情永存，千古流传。

无数次晓雾将歇时，我沦陷于他们缠绵悱恻的情事里不能自拔。想起最多的是白居易那句"在天愿作比翼鸟，在地愿为连理枝"。世人皆知的这句情话，曾温暖了多少对情侣，可是有时却只能是美好的愿望。残酷现实中，除却脉脉情思，还有无数爱而不得的恻恻怨歌。

所以，写这些古典爱情时，既有温情脉脉，亦有哀怨深深，更有不过艳事一桩。

于是，就有了这样的爱情：

从初见便笃定相爱一生的是鱼玄机和温庭筠。只是，曾经"金风玉露一相逢，便胜却人间无数"的初见，融化于世俗中不可逾越的鸿沟，眉眼里的宠溺和疼惜只化作有缘无分的憾事。

于是，她恨恨地写下了那句"易求无价宝，难得有情郎"。

天造地设却令人痛惜的是陆游和唐婉。尽管情投意合，亦彼此深爱，但得不到母亲的喜爱，便生生被棒打了鸳鸯，没了在一起的可能。

然而，隔了那么多的日夜，他们偶遇于曾经共游的沈园，彼此心头仍觉世间只有对方最好。彼此思念如潮，爱在心口难开。于是，他写下一阕《钗头凤》，"山盟虽在，锦书难托"，长歌当哭，情何以堪！

后来，她无意间读到这阕词，瞬间崩溃。前尘往事袭来，她心如刀绞，和之一阕《钗头凤》，"世情薄，人情恶，雨送黄昏花易落"，不久便永别人世。他和她，从此天上人间，不复再见。

所谓"问世间情为何物？直教人生死相许"，当真言之凿凿。

最喜还是苏轼和王弗，沈复和陈芸。

苏轼和王弗是珠联璧合的一对，门当户对，情投意合，天生一段金玉良缘。

他为人旷达，不拘小节，而她则冰雪聪明，善解人意，堪称他的得力助手，帮他挡却不少纷争是非。他深觉，这世间有她相伴便有欢颜。

只是，红颜往往薄命。她十六岁嫁给他，二十七岁遽然离世，与他相伴不过十一载，上苍未免太过残忍。此后，他将她深埋心底，十年之间不敢提不敢念，怕提起便不能自持，怕念起便肝肠寸断。十年后，他终于忍痛写下"十年生死两茫茫，不思量，自难忘"（《江城子·乙卯正月二十日夜记梦》），他那颗凄楚的心才淋漓呈现。

因为太过深爱，也太难以忘怀，才会如此。

最动人的是沈复和陈芸。

多年后，沈复仍记得初见芸娘时的情景。那时他十三岁，懵懵懂懂却被芸娘倚窗而望的倩影吸引。轩窗下，芸娘顾盼生辉，他看见她眼眸中深蕴的美好，刹那间，便决定娶她为妻。

芸娘幼时凄苦，却温柔似水，心灵手巧，这样的她让他心生爱怜。终于，他如愿以偿地娶她为妻，与她作诗唱和、恩爱温存。红烛梦长，他只愿此生日日夜夜都有她相伴。

她是他的妻，亦是他的友。此生守一间屋、一畦地，便可一世安稳。

只是，世事难料，她因身体孱弱终没能陪他到地老天荒。从此，这世间只剩他一人。因为深爱，他对她念念不忘。于是，他写下了那部《浮生六记》，描画出这世间最好的爱情最美的样子。

在茫茫红尘里与一人相遇，从此终生难忘，写下那么多情思婉转的诗词，却也难解失去真爱的伤感。然而，无论他们最终是否能白头偕老，他们都真切地爱过。

他们流传下来的那些温柔缱绻的诗词文字，镌刻下了他们对一个人深深的爱，以及为对方写下的那些哀婉缠绵的情话。

每每暮色四合时，便不知觉地以他们那些温柔缱绻的诗词为引，追随着他们的字句，循着他们爱过的痕迹，让他们的爱情轻轻跃然纸上。

你若一读，便可知晓，那时的爱情，炽热缠绵；那时的日色虽慢，相思却入骨。

目 录
Contents

红 尘 相 遇 ， 一 念 一 生

目 录
Contents

红尘相遇，一念一生

第一卷

卓文君 与 司马相如

愿得一心人，白首不相离

红　尘　相　遇　.　一　念　一　生

　　她，是明媚如蔷薇般的女子；他，是清朗如明月般的男子。

　　如同金风玉露，他们相逢于冥冥之中。

　　他一首情意缱绻的《凤求凰》，深深打动了她那颗芳心。

　　她就此沦陷于他的绵密情话里。

　　只是，爱情再美好也有波折，如同带刺的玫瑰，既美好也让人生疼。

　　还好，她一曲痴绝的《白头吟》令他动容，他终念她情深意重，迷途知返。

　　从此，得一心人，白首不相离。

零·白首不相离

最洞晓男女之心的"师太"亦舒曾如此说过："一个人的心原来是世界上最寂寞的地方，每个人都渴望被爱。"

诚如是，这世上最寂寞的是人心，生而为人，寻一人白首终老是最能温暖熨帖一生的。

卓文君和司马相如，这一对白首不相离的人最能印证这一点。

初见彼此，他们便互相爱慕，彼此都感到从未有过的慰藉。历经千百个日夜之后，他始终记得她那一双横波目隔着湘帘的凝望，她也永远记得他为自己弹奏的那首《凤求凰》：

凤兮凤兮归故乡，遨游四海求其凰。

时未遇兮无所将，何悟今兮升斯堂。

有艳淑女在闺房，室迩人遐毒我肠。

何缘交颈为鸳鸯，胡颉颃兮共翱翔。

凰兮凰兮从我栖，得托孳尾永为妃。

交情通意心和谐，中夜相从知者谁？

双翼俱起翻高飞，无感我思使余悲。

有生以来，她听过的世间最美妙的乐曲、最美的情话也就是这般了。那一刻，她感到从未有过的幸福。

他们仿佛早就相识，彼此心有灵犀。在他深情款款的琴曲里，她听到了他销魂蚀骨的孤寂，而他亦从她深邃的眼眸里看到了孤独。所谓懂得，便是如此。

你心知我意，便是爱情里最好的心心相印。

他殷殷给她写情书。起初，她纠结于自己的新寡；他盛情至浓，认定了她就勇敢地展开了追求。终于，她下定决心，不顾一切，夜奔他的住处。

她因此演绎了历史上女子最有名的私奔。

其实，除了才情，司马相如家徒四壁，一贫如洗。文君投身于他，他断然无法给她安稳的生活。文君不得不放下千金之身，当垆卖酒，却也不觉得苦，能与相爱之人在一起，再苦再累也可如清风朗月。

后来，他凭借早年跟随梁王时所写的《子虚赋》深得汉武帝赏识，随后到京师亲献《上林赋》，更是让好大喜功的汉武帝满心欢喜，被拜为郎官，一时风头无两。

得势男儿总易薄情，他也落了这窠臼，开始眠花宿柳，将她抛诸脑后。

然而，她虽多情却刚烈，无法容忍他有二心。他要纳妾，寄家书如此："一二三四五六七八九十百千万。"寥寥十三个数字，唯独无"亿"。

聪慧如她，自然看出了他的心思，知道他对她已然没有"忆"。但她并没有放弃，而是立刻回他一首《怨郎诗》：

一别之后，二地相思。

只说是三四月，又谁知五六年。

七弦琴无心抚弹，八行书无信可传。

九连环从中折断，十里长亭望眼欲穿。

百相思，千系念，万般无奈把郎怨。

万言千语说不完，百无聊赖十依栏。

重九登高看孤雁，八月中秋月圆人不圆。

七月半，烧香秉烛问苍天，六月三伏天，人人摇扇我心寒。

五月石榴如火，偏遇冷雨浇花端。

四月枇杷未黄，我欲对镜心意乱。

忽匆匆，三月桃花随水转，飘零零，二月风筝线儿断。

噫！郎呀郎，巴不得下一世你做女来我做男。

他玩起隐晦的数字游戏，她比他更胜一筹，一，二，三，四，五，六，七，八，九，十，百，千，万，噫（亿）。她写的这封书信首尾连环，成就了一首千古情诗。

在爱情里，她是最聪慧的女子，不隐忍，不悲戚，若一个人无法跟自己白头偕老，强求断然得不到幸福。于是，她决绝表态，不是不爱，而是绝不会迁就，若是不爱了便不再纠缠，就此了断。

这是她为守卫爱情的最后一搏。如果他仍执意纳妾，她就会放手。

他到底还是爱她的，他最终带着歉疚回来，再没有离开，与她白头到老。

他们的情事流传千古，相如抚琴、文君夜奔成为最美的爱情绝唱。

壹·初识

那一日，父亲大摆筵席宴请司马相如。

她因听闻他的才情，心生仰慕，便悄悄躲在帘后，以窥内心仰慕良久的男子。她知晓他的名字，听说了太多关于他的过往。

在他五六岁时，父亲为了能让他到郡守文翁办的官学读书，举家迁往成都。他幼时的名字叫"犬子"，后来他因仰慕赵国名相蔺相如而改名相如。

父亲寄望于他，因而十分重视他的学业。在父亲的督导下，他兼武学文，颇有成就。约二十岁时，家中花钱给他买了一个郎官，让他当了汉景帝的一个武骑常侍。他虽好文又具才情，怎奈汉景帝不好辞赋，他因此一直郁郁不得志。恰逢身边簇拥着一批著名文士的梁孝王入朝，颇怜其才。他便托病辞官，跟随了梁孝王。

一篇《子虚赋》让梁孝王爱不释手，梁孝王遂赠予他"绿绮"琴与鹔鹴裘。

只是好景不长，梁孝王早逝，他只好辞官返乡。无奈家境贫寒，他只得投奔好友临邛县令王吉。他的才情已然让他成为市井流传的才子雅士，加上他那把传闻里的天下之琴，以及高超琴技，让无数人仰慕不已，也包括她在内。

父亲专门设宴款待他，把他当座上宾，也是想与他这样的名人雅士结为好友。

她最爱他的那一篇《子虚赋》，加上自己又酷爱弹琴，所以当得知他要来的第一时间，便早早和丫鬟一起来到帘后偷看。

其实，对于她，司马相如也早有耳闻。

她这位富家千金，生得眉如远山，目若秋水，面若芙蓉，肤若凝脂，顾盼之间，满是春色。又通晓音律，善于鼓琴，能文善歌，是蜀中有名的四大才女之一，他又怎能不知晓？

除此之外，他也知道她的一些过往。

在她十五岁时，父亲精心为她挑选了一位门当户对的夫婿，谁知嫁过去不久，那男子就去世了，她年纪轻轻就守了寡。然而，她本就没有把这场婚姻放在心上，所以对亡夫之痛并无切身感受。

夫死之后，她便回到了娘家。按照当时的礼教旧规，寡居的女子是不可以再婚的，尤其是卓家这样的显赫之家。于是，她虽不过十六岁却不得不寡居，高高挽起发髻，过起深居简出的清淡日子。

可是，她心有不甘，她才情四溢又冰雪聪明，仍然想谋求一份自己的幸福。所以，她知道他要来，便躲在帘后想一睹他的风采。在她的内心深处，她一直怀有"死生契阔，与子成说""执子之手，与子偕老"的夙愿。

他们仿佛一早就通晓彼此所念，于帘前帘后都惊艳于彼此。她一双妙目盈盈如水，刹那间他便琴心轻盈，顷刻之间，他便弹出了那一曲《凤求凰》。

起指而落，琴声叮咚，一曲《凤求凰》如滚地珠玉、润草泉流。席间，无数人听似仙乐，唯有她知道他在赞自己高贵如凰，听出他在大胆向自己示爱。

一时间，她怦然心动，她感受到了一股从未有过的爱意席卷心头。

过往的那个人，已成黄泉陌路。因为对他没有爱，所以她对他的死并不悲伤。而今日不同，她深深感受到了爱为何物。

于是，她情不自禁，深陷于他的爱情里。

贰·私奔

有时，一见倾心只是刹那芳华。

躲在帘后窥探的卓文君，与扬眉轻瞥的司马相如眼眸相对时，彼此的心意便交汇在了一起。诚如司马迁记载的那般："及饮卓氏，弄琴，文君窃从户窥之，心悦而好之，恐不得当也。"

风流多情的司马相如如此大胆表白，对她的寂寞之心无疑是莫大的挑动。王子公主的故事她虽不知道，但是过往书中那些才子佳人的传奇，她读过不少。虽有过一段短暂的婚姻，但此时的她仍是少女怀春的年纪，礼教绝然关不住她的心门。

面对如此良人，她开始对过往的自己心生怜悯，又多了几分不甘，她决定将自己的心放逐，哪怕粉身碎骨也在所不惜。

对她，司马相如自是极为倾心。她正如古人歌咏的姣好女子，清婉大方，具备一切美人的气质，所谓"鬓影钗光，桃花旖旎"。所以，经过隔帘相见后，司马相如不断写信给她，表达自己无限的相思。

原本，如果遇不到一个可以让自己盛开的男子，她宁愿让自己孤寂一生。然而，当看到司马相如这么多炙热情意的文字后，她开始芳心暗动，他这个风流倜傥、才情万千的男子让她心醉神迷。

闻弦歌而知其雅意，继而知自己心意。

于是，她仗着父亲对自己的宠爱，对父亲说出了自己的心意。

然而，即使父亲对她再怎么溺爱，那毕竟是个被世俗禁锢的时代，所以父亲拒绝了她的请求，他情愿将她留在家里养一辈子，也无法答应她再嫁。

可是，爱情就如同滔滔江水，抽刀断水水更流。

在他的热烈追求之下，她认定他就是自己的救赎，她无法沉默，更无法不为所动。

于是，那一晚她装扮一番后，在贴身婢女的掩护下悄悄溜出了家门，径直到了司马相如的草舍，演绎了一场被后世艳羡不已的浪漫私奔。

爱情有时就是这样让人奋不顾身，如同飞蛾，哪怕扑火即亡，只要曾经拥有，就足以无憾一生。

只是，彼时的司马相如十分落魄。梁孝王死后，他的生活便陷入了困顿之中。家徒四壁、寒窗茅舍，是他最真实的现状写照。

然而，对于热恋中的人，这不足为惧。她既然选择了他，就接受他的一切，因此并不苦恼，于是褪却了绫罗绸缎、金钗翠饰，挽袖敛裙，为他们二人的生活操持起来。

大户人家的女儿私奔，比平常人家的女儿私奔更具话题性，也流传得更快。卓文君与司马相如的消息不断传到卓王孙的耳中，让他颜面尽失。曾经最令自己引以为傲的女儿与人私奔，还是一个穷困潦倒的书生，他不由得大怒："女至不材，我不忍杀，不分一钱也。"

卓王孙失望至极，只想断绝父女关系。事实上，凭借他当时的财富、权势，完全有能力棒打鸳鸯，但是他并没有。

所以，这在某种程度上也算是一种成全。有父如此，对二人的爱情来说，也算是一种幸运。

爱情是甜蜜的，他们吟诗作赋、弹琴论曲，无限惬意；然而，生活是现实的，柴米油盐尤其残酷。

卓文君素来机智果敢，当即跟司马相如提议离开成都，回临邛。在成都，他们举目无亲，临邛则不同，那里有她富甲一方的父亲。

于是，他们回到了临邛。她放下了千金小姐的身段，当垆卖酒起来。

对于这段经历，《史记·司马相如列传》中记载道："相如与俱之临邛，尽卖其车骑，买一酒舍酤酒，而令文君当炉。相如身自着犊鼻裈，与保庸杂作，涤器于市中。"

他们私奔以及当垆卖酒之事，成了官宦商人、市井百姓的谈资，他们的小酒馆每天都宾客满座，很多人并不是为了喝酒而来，只是为了见他们一面。

她之所以当垆卖酒，一是谋生，二是故意做给父亲看。她深知父亲对自己的宠爱，于是故意用激将法令父亲接纳自己和司马相如。即便父亲真的不为所动也无妨，毕竟可以糊口养家，对他们的爱情也并无妨碍。

果然，卓王孙按捺不住，加之家里亲族长辈们的劝说，终于接受了他们，并给他们"僮百人，钱百万，及其嫁时衣被财物"。

这应该是历史上私奔故事里的最好结局。

叁·白首约不离

相如抚琴、文君夜奔，他们这对璧人的传奇，千百年来仍让人不禁莞尔。

他们的故事，到这里或许应该结束了。然而，现实里的日子是需要一分一秒度过的，无法似银幕剧情那般一闪即过。

他们的故事，还在继续。

那时，正值汉武帝即位不久。汉武帝不似汉景帝，他极喜欢辞藻华丽、宏伟壮丽的赋文，偶然看到司马相如的《子虚赋》时，便惊为天人，于是立即召他进京以示赏识。

那一年，有如是记载：

蜀人杨得意为狗监，侍上。上读《子虚赋》而善之，曰："朕独不得与此人同时哉！"得意曰："臣邑人司马相如自言为此赋。"上惊，乃召问相如。

司马相如进京后，奉上一篇《上林赋》，盛赞帝王狩猎时的规模和大汉天子的气势。此赋甚是恢弘，文藻更是华美，深得汉武帝之心。于是，汉武帝命他为郎官。

他亦不负君望，漂亮地完成了汉武帝交给自己的政治任务，汉武帝又赐他中郎将，命他持节出使西蜀，那时的他很是风光。

对于他的荣耀，远在家乡的文君听说之后，无比欣慰，深感幸福。

只是，她一直苦苦等待他荣归故里，谁知等来的却是他夜夜笙歌的消息。他在长安踌躇满志，受到无数人的追捧，于是开始飘飘然起来，落入得志男儿易薄幸的俗套。

司马相如盛名在外，难逃各色女子的投怀送抱。对这样的诱惑，他无力抵抗，于是沉醉在笙歌酒色里，开始冷落起她来。

不久，独守空帏的卓文君，收到了他薄情的书信。

那封只有十三个数字的家书，别人看不懂，但她何等聪敏，一眼就看出这封唯独缺了"亿"（同"忆"）的信的含义。她明白他对自己已经没有思念，不禁悲从中来。

人说，可共患难而不可共富贵，如今果然应验。然而，她不想就此作罢，不想这场她拼尽心力获得的爱情，在他一闪念的背叛里消失殆尽。

她不仅聪颖，也有勇气。于是，她愤然写下了那一首后世广为流传的《怨郎诗》。

你不是不写亿（同"忆"）吗？我，偏生要写"噫"（同"忆"）！

未了，她又补写一首表明心意，反对他纳妾的《白头吟》：

皑如山上雪，皎若云间月。

闻君有两意，故来相决绝。

今日斗酒会，明旦沟水头。

躞蹀御沟上，沟水东西流。

凄凄复凄凄，嫁娶不须啼。

愿得一心人，白首不相离。

竹竿何袅袅，鱼尾何簁簁！

男儿重意气，何用钱刀为！

她随诗附书道："春华竞芳，五色凌素，琴尚在御，而新声代故！锦水有鸳，汉宫有水，彼物而新，嗟世之人兮，瞀于淫而不悟！朱弦断，明镜缺，朝露晞，芳时歇，白头吟，伤离别，努力加餐勿念妾，锦水汤汤，与君长诀！"

在铿锵的诗句里，她表明了自己的态度，又指责了他的负心移情。然而，她知道自己依然爱他，还不想失去他，所以在指责之余，给自己留下了回旋的余地。

她是爱情中的聪慧女子，深知鱼死网破并不是生活最好的结局，她想要的不过是白头偕老的不离不弃。

后来，司马相如得此书信，惭愧万分，再不提纳妾之事。

尾语

后来，他们安居林泉，相濡以沫地度过了十年恩爱的岁月。

前118年，司马相如因糖尿病溘然长逝。

或许因为对司马相如爱得过深，他去世之后的冷清孤寂让卓文君无法承受，不久便随他而去。那时，霜降草枯，长空雁鸣，仿佛是为了纪念他们这段美好的爱情。

世传《凤求凰》还有另一首：

有美人兮，见之不忘。

一日不见兮，思之如狂。

凤飞翱翔兮，四海求凰。

无奈佳人兮，不在东墙。

将琴代语兮，聊写衷肠。

何时见许兮，慰我彷徨。

愿言配德兮，携手相将。

不得于飞兮，使我沦亡。

其实，无论哪一首，写的都是他们美好的初见。对后世的人而言，都是满满的感动。

在今天的四川邛崃文君井边，还有这样一副名联：

君不见豪富王孙，货殖传中添得几行香史；停车弄故迹，问何处美人芳草，空留断井斜阳；天涯知己本难逢；最堪怜，绿绮传情，白头兴怨。

我亦是倦游司马，临邛道上惹来多少闲愁；把酒倚栏杆，叹当年名士风流，消尽茂林秋雨；从古文章憎命达；再休说，长门卖赋，封禅遗书。

不过百来字，却字字珠玑，道尽了他们爱情的种种。

红尘相遇，一念一生

第二卷

班婕妤 与 汉成帝

何事西风悲画扇

红　尘　相　遇　，　一　念　一　生

　　邂逅一首好诗，如同在春之暮野。邂逅一个人，眼波流转，微笑蔓延，蓦然心动。

　　人生若只如初见，多好。

　　他仍是他的旷世君主，她仍做她的绝代佳人，江山美人两不负。

　　没有开始，就没有结束。

零·欢未央，心已蚀

"有些女子，仿佛生来就只是为了自己的那桩情事。"

比如，那个传奇艳绝的班婕妤。花事未竟，全是寂寥。诚如那句"花开荼蘼了，情去寂寥深。欢未央，心已蚀，蕊里藏虫，将枯"，仿佛就是为她而写。

世人听闻班婕妤，最初是因为她那首《怨歌行》，后来有了纳兰容若的诗"人生若只如初见，何事西风悲画扇"，她便更加广为人知。

她是名门闺秀，亦是史上著名的贤德女子。天生清丽，自幼聪颖，读书甚多，少有才学，工于辞赋，兰心蕙质，气质脱俗。即使在人堆之中，也似沙粒之中的珍珠，芳华难掩。

成帝初年，她有幸入宫，因美而德贤，深得他宠。

从未爱过人的女子便在这宠里认得了爱。三千佳丽，宠爱集于她一身，她却不因此骄纵。

某次，成帝想与她一起同辇出游，她却说："贤圣之君皆有名臣在侧，三代末主乃有嬖女。"退而不敢同游。

成帝爱她正浓，听她此言，更是为其德行感动。

然而，贤良、德慧敌不过妖媚与狠毒。

她在感恩和家训里，一向隐忍，顾全大局，却不知将心系之人越推越远。她的端庄、贤德，愈来愈入不了他的心，他要的是"但愿身死温柔乡"。心思相悖的两人，自然很快貌合神离。

于是，他抛却社稷诸事，一心寻他的温柔乡。

终于，一个叫赵飞燕的女子来了，还带着妹妹赵合德。

飞燕入宫，舞姿曼妙，妖媚勾魂，只是蛇蝎美人心。班婕妤便知道自己的恩宠结束，寂寞开始。

不过，她素来不争。她知道爱去难追，只能守护自己的心。于是，她用一纸文书，自请侍奉太后，远离那争宠夺爱的是是非非，任由他在那春光旖旎、千娇百媚中沉醉。

落红无数，她只在无数的寂寥声声里将哀怨倾诉：

新裂齐纨素，鲜洁如霜雪。

裁为合欢扇，团团似明月。

出入君怀袖，动摇微风发。

常恐秋节至，凉飙夺炎热，

弃捐箧笥中，恩情中道绝。

她作此诗，以团扇自比，意蕴平和，哀怨却深。

团扇，也称绢宫扇、合欢扇，是帝王时期妃嫔仕女的饰品。然而，历代团扇几乎成了红颜薄命、佳人失势的代名词。她诗中的团扇，亦如此。

某一天，她深爱的那个男人死去，死在了合德的身上。他曾说过：吾当老死在（合德）"温柔乡"里。一语成谶。没有谁知道，那时她的心情多么悲伤。

一个醉死温柔乡的男人，是否还可承载得起她的深情！

当一切繁华过后，她陪伴在他的陵园，直到生命的尽头。

"欢未央，心已蚀"，或许是对她最好的诠释。

最美的时光，是她倾卧于君王怀中时的微风拂发。

壹·扇里合欢，俪影温柔

汉宣帝甘露三年（前51年），刘骜出生。

彼时，他的父亲汉元帝还是太子，与宫女王政君生下他。汉宣帝刘病已并不以此为耻，而是对他寄予厚望，并为他取名"刘骜"，"骜"乃千里马之意。他是希望自己的这个孙子日后可以驰骋遨游，有一番建树。

诚如是。长大成人的刘骜不仅仪表堂堂，而且博览古今，言行举止皆具帝王威仪。后来，他顺利即位，是为汉成帝。

他罢黜了父亲汉元帝时期的佞臣石显，抑制了当时的宦官势力，鼓励大臣直言进谏，奖励孝悌良田，减免租赋……他成了臣民眼里的明君。

只是，他虽然执政有方，却贪图享乐。他开始大肆兴建霄游宫、飞行殿和云雷宫，宠爱女色。

最初宠爱的是出身名门、相貌端庄的许皇后。许皇后是个美人，让刘骜欢喜不已。他日日恩宠她，忘了宫殿之上的纷争。彼时，外戚王氏家族的势力正在崛起，但是许皇后的得宠渐渐地助长了许氏家族的势力。对此，王太后断不能容忍。

为了离间许皇后和刘骜如胶似漆的感情，王太后和她的王氏家族为刘骜物色了班婕妤。

于是，她进入了宫中。只是，她不知道这一开始就是个局，充满了纷争。

婕妤，本不是她的名字，而是后宫嫔妃的一个封号。彼时，婕妤的级别，在汉代的后宫还很高，仅次于皇后、贵妃。而她的本名在后世对她的称谓婕妤里被埋没了。

她生于名将之家，父亲班况是汉武帝的骁将，在抗击匈奴时立下汗马功劳。班家在当地是望族，后世那些声名显赫的历史名人，诸如与司马迁齐名的东汉史学家班固、投笔从戎的班超，续写《汉书》的班昭等，皆是她家族的晚辈。

她刚刚入宫之时，对汉成帝有不小的吸引力。她不仅有闭月羞花之貌，袅袅娉婷似画中人，更兼具满腹才学，善诗亦善赋，是个才德兼备、气质高华的女子。

如此难得的女子，刘骜自然爱在心头。初次见她之时，即封她为少使，眼中极尽眷恋；后因惜其才色，再次封以婕妤。

这样的恩宠，连彼时的许皇后都难以企及。她已经在这个女子入宫的那一刻就失了宠。

此时的刘骜只对她青眼有加，天天同她腻在一起都嫌不够。她的文学修养和史学造诣，都让他惊叹不已；她还擅音律，丝竹管弦、歌舞音乐无不精通；最重要的是，他从未见过似她这般宽容豁达的女子，后宫佳丽万千，哪一个不各怀心事？唯有她，从不计较，不对任何人起嫉妒之心。

那段时光里，他们出则成双，入则成对，似扇里的合欢，俪影温柔。

可是，她并不贪恋恩宠，即便和他饮酒作诗、缱绻缠绵，也不耽溺其中。她深知后宫危机四伏，最不愿看到的便是硝烟四起。

贰·山盟虽在，情已成空

最初，她的自知、内省、贤德在他眼中高贵、难得，然而，久了他便厌了。

那日，他觉得一人乘辇有些孤寂，便命人造了两人并乘的金辇，造好之后，他便兴高采烈地坐了上去，前往她的住处。

他想和她同乘同游，于是缓缓向她伸出手表示邀请，她却回绝道：我听闻但凡明君都是名臣在侧，女子伴身的大多为末代君王。

她希望自己爱的这个人可以成为一代明君，所以时刻秉持贤德之心，若一轮明月，照在他的前方。

然而，对玩心极重的汉成帝而言，这样用心良苦地劝他亲近贤臣而远女色，实在是无味。这样一个女子可以欣赏，却并没有趣。

不过，王太后却对她这种举动欣赏有加，赞她："古有樊姬，今有班婕妤。"

樊姬，乃春秋时期楚庄王的妃子。楚庄王曾不务正业一心扑在游猎上，于是樊姬不再吃兽肉，终于感动楚庄王。自此，楚庄王痛改前非，勤于政事，最终成为"春秋五霸"之一。

殊不知，汉成帝毕竟只是汉成帝，不是楚庄王，能对一心辅弼的樊姬从一而终。他只是个迷恋女色的凡夫俗子，褪却了帝王的身份，他再普通不过。

很长一段时间过去，她仍是那个樊姬，而他仍然一百个不愿意跟楚庄王沾边。他开始对不配合自己玩乐的她越来越厌烦。

她越是一心想辅助他，让他远离女色，他便越故意为之，嫌宫里的女子不够多，还要跑到宫外去寻花问柳。

很快，他结识了那个狐媚的女子赵飞燕。

赵飞燕，因舞姿轻盈如燕而得此名。她本是阳阿公主家的一名舞女，身世卑微，却有倾国倾城的貌、勾人魂魄的眼和超群脱俗的舞艺。

如此人间尤物，就此夺走了她在他心中的地位。从此，汉成帝日日沉溺在赵飞燕的温柔乡，将她抛诸脑后。

帝王的爱，来得快，去得也快。但是，她却并不为此心寒，因为从入宫第一日起，她便知道帝王之身绝不属于她一人。所以，她从未生出任何争宠之心。

只是，没有了爱情，她开始萎谢了，一个人自顾自地寂寞着。

后宫本就是个是非之地，无时无刻不在上演着"宫心计"。飞燕是和妹妹合德一起进的宫。于是，后宫里每天都在传说着她们二人侍寝的消息。她们说，姐姐飞燕轻盈，可掌上起舞，舞到君王的骨子里去；她们还说，妹妹合德更胜一筹，肤白如雪，柔滑白嫩，引得君王沉溺不能自拔。

流言蜚语此起彼伏，终于，许皇后按捺不住了。

她想了个不太高明的方法，请人作法诅咒飞燕姐妹。然而，飞燕姐妹绝非省油的灯，自小在苦难中长大、声色场里谋生计，心肠早就硬如铁石，对一切阻拦自己的人都可以痛下狠手。于是，她们抓住一切温柔乡里的机会向成帝进谗。不久，成帝一纸诏书废了许皇后，将其打入冷宫。

或许嫉妒让她们恶念变深，许皇后倒了之后，她们听闻班婕妤曾得宠万千，于是对她动起了心思。她是何等聪慧的女子，知道君王的爱本就儿戏，更何况还有这两个蛇蝎般的女子在侧，于是，主动递了一封奏章，自请到长信宫伺候王太后。

成帝很快批准，让她移居长信宫。从此，她过起了对景枯坐的生活。

自此，爱他是她一个人的事情，寂寞也是她一个人的事情。曾经的山盟海誓，她犹记于心；爱已成空，她也了然于心。

所以，她写《怨歌行》，写得清醒、自知。字句间虽染尽了血泪，但她深知他从来就是个内心浅薄、欲壑难填之人，从来都没有对她动过真心。于是，她自哀自怨，哀的是自己的痴心，怨的是自己的深情。

如唐代诗人王建《调笑令》所写："团扇，团扇，美人病来遮面。玉颜憔悴三年，谁复商量管弦？弦管，弦管，春草昭阳路断。"

她知道，这一世他们就此陌路。

叁·花落人散两阑珊

退居长信宫之后，她不问世事。

于飞燕姐妹而言，最后的一个威胁也消除了，这是最好不过。其实，从许皇后被废时起，她们便已愈来愈猖狂，宫中妃嫔不知被陷害多少。可是，成帝却始终视而不见，一如既往地沉醉在她们二人的怀抱。他甚至说，若有一日与世长辞，定要死在合德的温柔乡中。

这样的君王，再不是她爱的明君。一旦离开，她便没有不舍。

她安心地居于长信宫，每日早起扫阶，然后对着枯白的墙壁静坐，日复一日。没有谁知道她在想什么。或许，她会忆起那时自己年华正好，酡颜一笑夭桃绽，直引得龙颜大悦。或许，她会忆起如扇合欢时，他微笑的模样，一点一滴地落入她的眼眸。

只是，宛转蛾眉能几时？春光短，转瞬便秋凉。

他说过的情话，他赞过的美言，他只对她一人的恩宠，如今，皆成云烟。

有道是："等闲变却故人心，却道故人心易变。"妾心犹似蒲苇，君心早不复磐石。也似唐代刘禹锡的《竹枝词》："长恨人心不如水，等闲平地起波澜。"

晚秋寒凉，她独寂寥，远处却是夜夜笙歌，飞燕在机关算尽里终于成了皇后，妹妹合德则被册封为昭仪。从此，她爱过的那位君王整日不理朝政，一心扑在石榴裙下。

她已心如止水。在后宫无数劫难里，她早已看透人心险恶，只想不理不会。

只是，未曾想到，她爱的人终死在赵合德的温柔乡里，一如他曾经希冀的那样。在朝野的一片声讨声中，赵合德畏罪自杀。

从此，赵飞燕失去了依靠，后来被贬为平民，在被遣去看守成帝陵寝时，选择了自杀。

这样的结局，也算善恶有终。不过，班婕妤依然素心如水，无风无浪。

她对成帝并无怨恨，主动提出要去看守成帝陵寝。飞燕姐妹不愿接受的惩罚，她却如此义无反顾。

也许，在某些更深露重的日子，她再次将他记起，想起他当初

是怎样从辇车中缓缓伸出手来请她上车。亦或许，她犹记得，初遇
他时，他一身明黄衣裳，睥睨天下。而她正值芳华，黛眉如远山，
两重心字罗衣。彼时，他们情意绵绵，两心相惜。

她忍不住写下了《自悼赋》：

承祖考之遗德兮，何性命之淑灵。

登薄躯于宫阙兮，充下陈于后庭。

蒙圣皇之渥惠兮，当日月之盛明。

扬光烈之翕赫兮，奉隆宠于增城。

既过幸于非位兮，窃庶几乎嘉时。

每寤寐而累息兮，申佩离以自思。

陈女图以镜监兮，顾女史而问诗。

悲晨妇之作戒兮，哀褒、阎之为邮。

美皇、英之女虞兮，荣任、姒之母周。

虽愚陋其靡及兮，敢舍心而忘兹。

历年岁而悼惧兮，闵蕃华之不滋。

痛阳禄与柘馆兮，仍襁褓而离灾。

岂妾人之殃咎兮，将天命之不可求。

她在"绵里藏针"里，将自己的凄冷幽怨委婉道来。夜悬明镜

青天上，长信深宫寂寂，她早已心凉如水。

她，早在这深怨里看透了他，亦看透了这花落人散两阑珊的结局。

生和死，于她没有分别。

尾语

人生若只如初见，何事西风悲画扇？

等闲变却故人心，却道故人心易变。

骊山语罢清宵半，泪雨霖铃终不怨。

何如薄幸锦衣郎，比翼连枝当日愿。

——纳兰容若《木兰花令·拟古决绝词》

纳兰最多情，深深懂得班婕妤的悲伤，故而这首诗写得极为慈悲。情人多变，曾经的相爱，末了不过是相离相弃。

她在他的陵前日复一日地寂寥。没有曾经的耳鬓厮磨，情便转淡，再不提往日。她执着纠结的，不过是自己的一颗心。人生若只如初见，不过是美好的愿望，但她依然记在心间，所以愿意为他守候。

第二年，她在阴冷的陵寝，与世长辞。这红尘一路，终"我与你，同去同归"！

后人多情，深怜她的哀怨，于是一首又一首地书写她的寂寞与情痴，比如：

金井梧桐秋叶黄，珠帘不卷夜来霜。

熏笼玉枕无颜色，卧听南宫清漏长。

高殿秋砧响夜阑，霜深犹忆御衣寒。

银灯青琐裁缝歇，还向金城明主看。

奉帚平明金殿开，且将团扇共徘徊。

玉颜不及寒鸦色，犹带昭阳日影来。

真成薄命久寻思，梦见君王觉后疑。

火照西宫知夜饮，分明复道奉恩时。

长信宫中秋月明，昭阳殿下捣衣声。

白露堂中细草迹，红罗帐里不胜情。

——王昌龄《长信秋词五首》

又比如：

君恩忽断绝，妾思终未央。

巾栉不可见，枕席空余香。

窗暗网罗白，阶秋苔藓黄。

应门寂已闭，流涕向昭阳。

——徐彦伯《相和歌辞·班婕妤》

如此，等等。其实，都是后人自己的难以释怀。

而对于那段爱情中的人，他们早已冷暖自知。

红尘相遇，一念一生

第三卷

宋华阳与李商隐

此情可待成追忆，
只是当时已惘然

他写了无数艳丽的爱情诗，最令人动容的是那首《锦瑟》。

庄生晓梦迷蝴蝶，他最爱的仍是她。

她和他这一段"身无彩凤双飞翼，心有灵犀一点通"，让他就此成伤。

爱而不得的爱情，最让人无法喘息，他们这对知己情侣却难相守，任是谁都会难以放下，何况他还是如此多情细腻之人。

人生若只如初见，多好。

若那时他们正相爱，没有离别的痛，亦没有相思的苦。

只是，世间没有"若"字，于是，他成了世间最凄苦的深情之人。

零·锦瑟情深

他一生写了许多首无题爱情诗，诉尽世间爱情种种，只因自己就是一首欲说还休的无题诗。

望帝春心，庄生晓梦。在历史的尘埃之中，他就像那飘零的花雨，哀伤漫山遍野，让无数世人沉醉在他的万千情话里。

有人说，写下那么多哀婉情诗的李商隐最情深意重。因为一段凄美的情缘，因为爱而不得，他的心被爱情刻下了伤痕，一生一世都活在悲伤里，所以，他的爱情诗才写得如此凄恻缠绵。

诚如是。他和她的爱情是开在这尘世最美的爱情之花。

这段爱情是他的初恋，影响了他的一生。

他所爱的女子，有一个好听的名字，宋华阳。"若是晓珠明又定，一生长对水晶盘"，他本将一生一世对她不离不弃。然而，她不是珍珠，而是一晒即蒸发的露珠。

就此，他们这一世注定不能永远相依。

她本是公主身旁的贴身宫女，只是随公主入山修道，住在玉阳山上灵都观，谁知道遇到了他。而他，也不过是跟随当时"扬道抑佛"的宗教风气到道观清修的多情才子。

她的如花之貌，他的如江之才，让他们瞬间坠入爱河。

爱情从来都是没有预兆的，你爱上了谁，谁爱上了你，都是霎时间的灵犀相通，没有刻意，亦不能左右。于是，相爱的两人便在你侬我侬里消磨最美的时光。

然而，他们的爱情却犯了礼教清规。于是，他们只能背地里偷欢。爱情越是被压抑，恋爱中的人越是爱得难解难分，诚如他写的那句"相见时难别亦难"。

他们痴缠欢愉，如飞蛾扑火，不顾一切。只是，未曾想到的是，她意外怀了身孕，一段隐匿的爱情终于还是见了光。

公主大怒，下令将她遣返回宫，他则被逐出山门。

从此，他们这一生永远别离。

他活在"星沉海底当窗见，雨过河源隔座看"里，日夜思念她。寂寞如海，苦痛如雨。他曾对月长叹："此情可待成追忆，只是当时已惘然。"

离开京城时，他写过一首《板桥晓别》与她告别：

回望高城落晓河，长亭窗户压微波。

水仙欲上鲤鱼去，一夜芙蓉红泪多。

如此良辰美景，你却不在身边，只余一地的清凉寂寞；芙蓉花开，红如血泪，仿佛你流下的泪水，触手就是惊心的冰凉，或许这便是你留给我的最后的关于爱的记忆。

爱恨不由己，怨天恨地都无用。只想告诉你的是，我写了那么多的诗，用了那么深的情，都是因为爱你。

这一生对你的情，如锦瑟，如沧海，如明月，无止无休。

从此，他自己也成了一首情深如海、深不见底的"无题诗"。

壹·相见欢

他们初见，应是在太和九年（835年）。

彼时崇道之风盛行于世。那一年，皇帝为了让天下人将李姓奉为神明，说他们是太上老君李耳的后裔，于是，天下一片"重道扬道"之风。连皇族子弟们都常被派去道观修炼。

身为士人的李商隐，在如此风气的影响下也去了玉阳山修道。

玉阳山上有一处道观叫清都观，他便在此修行。在玉阳山东边的山峰上有一座观叫灵都观。在这座观内，住着一位修道的公主，近十位宫女随行当道士。

其中，跟公主最贴心的是一位貌如芙蓉、能歌善舞、颇有几分文才的宫女，名叫宋华阳。

她注定将要伴随李商隐的一生一世，隐隐约约，不可断绝。

因为两座道观离得近，他们有了一次偶遇。

那日，满山杏花纷纷扬扬，如天花乱坠，她衣带飘飞，凝眸而立，心情愉悦。所谓"肌肤若冰雪，绰约若处子"，即是她这般女子。

他出现时，映入她眼中的是一个丰神俊朗的身影。那两句广为传唱的诗"必投潘岳果，谁掺弥衡挝"顿时袭上她的心头。

少女多怀春，她就此春心荡漾，相见欢莫过于此。

一场不期而遇的爱情璀璨绽放，电光石火之间，一见倾心的故事无声上演。

彼时，他二十三岁，才华横溢，名满天下。只是，他屡试不第，不免落寞神伤。他是想在此一边读书继续科举，一边安放自己那颗困厄之心。

谁知在此竟遇见如此清丽的女子，让他相见恨晚，这段情缘于西峰、东峰间悄然绽放。

彼时道观规矩森严，起初他们的爱意全靠书信表达，后来情思日浓，他们便无法只满足于书信里的表达。于是，他们开始了幽会。

白日里，道观人来人往，行事不便，于是他们便约在了日暮黄昏或夜深人静时。他们幽会的地方叫玉溪，一个听来即美的名字。在那里，他们有说不完的话，表不完的情。

只是，时间一久，他们越发觉得晨曦间的拥抱、月光下的呢喃还不够缠绵。随着二人的如胶似漆、难舍难分，他们越发蠢蠢欲动，于是终于越了雷池。

他们的感情如焰似火，势不可挡。幽会之地先是在玉溪，后又转移到了道观。

诚如他所描述的"星沉海底当窗见，雨过河源隔座看"。从早到晚，每天都可以见到她，便是莫大的幸福。

于是，他们的爱恋里全是欢愉和缠绵。

贰·隔良缘

只是，生命无常，你越不希望失去的，往往越会失去。

那时，他们虽然爱得如胶似漆，却惶恐不已。

虽说当时的唐朝风气十分开放，但也无法允许男女在观内胡作非为，比如后来的鱼玄机艳旗高挂，就招致了不少非议，只是她放逐自我，不畏人言。然而，宋华阳却不可以。身为公主身边的人，她是没有自由身的，恋爱更不可能。所以，他们根本无法自由公开来往。

爱而不能圆满，让他满怀感伤，于是，他写了一首首情意绵绵的诗给她。比如《无题》：

紫府仙人号宝灯，云浆未饮结成冰。
如何雪月交光夜，更在瑶台十二层。

"紫府仙人"乃华阳，"云浆未饮"是暗喻两情未谐，"更在瑶台十二层"则诉说一份不能逾越这空间距离的幽怨。

还有《昨日》：

昨日紫姑神去也，今朝青鸟使来赊。
未容言语还分散，少得团圆足怨嗟。
二八月轮蟾影破，十三弦柱雁行斜。
平明钟后更何事？笑倚墙边梅树花。

这或许是一场偶然的遇见，在正月十五上元夜赏灯时，他们恰巧碰见，然而却因在大庭广众之下没能说上句话就分开了。

这样奢侈的会面，诚如牛郎织女只能一年一见，永不得团圆，难免叫人神伤，感叹离别日久、岁月易逝，但终究还是会如"雁行斜"一般别离。然而，每次一想起她，心情便会莫名地欢愉起来，她看到自己写给她的情诗，定会在天亮以后还倚靠着墙边的梅花树笑逐颜开。

这真可谓是见字如面的美好。

还有《一片》：

一片非烟隔九枝，蓬峦仙仗俨云旗。

天泉水暖龙吟细，露畹春多凤舞迟。

榆荚散来星斗转，桂花寻去月轮移。

人间桑海朝朝变，莫遣佳期更后期。

他和她虽出于种种原因不得常见，但片刻团圆已足慰衷肠。人世变幻莫测，谁知日后能否得偿？不如畅享良辰。

然而，纸终于包不住火。欢愉过后不久，宋华阳怀了身孕，加之他们之间那些炽热情诗、情书的外泄，他们这段隐匿的情事便浮出水面。

幸运的是，他们的情事虽然暴露，但公主并没有对他们痛下杀手，而是从轻发落，将他逐出道观，将她遣回宫中。

后来，他才得知原来玉阳山上有一位权高位重的刘道士是宋华阳家的亲戚，因此他们才免于一死。不然，他们已成黄泉鸳鸯。

就此，他们这段良缘被生生隔断。

然而，虽人不能见，但情并未断。

这一生，她始终萦绕在他的心头，他才写出了那么多难以明喻的"无题"爱情诗，多用道教神仙典故隐喻对她的爱，意境缥缈，缠绵悱恻，令无数人为之动容。

　　后来，他还根据他们经常约会的地方"玉溪"一名，给自己取了一个号——"玉溪生"，足见他对她的爱之深。

叁 · 最堪恨

与她分别后的时光被无限拉长。在无数个难以入眠的深夜里，他吟着《无题》诗，道尽自己对她的相思：

相见时难别亦难，东风无力百花残。

春蚕到死丝方尽，蜡炬成灰泪始干。

晓镜但愁云鬓改，夜吟应觉月光寒。

蓬山此去无多路，青鸟殷勤为探看。

他们这一对苦难的情侣，相见时那么难，分手时更是痛苦万分，因为不知下次什么时候才能再见。

春之将暮时，春风绵软，百花凋谢，他们也将永远失去爱情，让人感伤不已。

今天的人们习惯把"春蚕到死丝方尽，蜡炬成灰泪始干"送给老师，然而，那最初是他送给她的一片真心，他对她的思念正如春蚕吐丝，绵绵不尽，至死方休。

他是那么想念她，她定然也是如此。对镜照影，全是愁思，直愁得头发花白。长夜吟诗，反而长夜更长、愁思更深，和着寒凉月光，让人更加孤寂。

她早已远在自己无法抵达的地方，他无法给她安慰，唯愿那自由飞翔的青鸟带去自己的殷勤关怀，代自己探望她，告诉她，他的心中始终有她。

岁月迢迢，她始终似星辰闪烁在他的生命中。只是，转瞬便消失了踪影。

她来过，又离开，一切仿佛回到了最初，却永远都回不去了。

这以后，相逢便只能在梦中。

于是，他只能将自己那深如江海的思念诉诸文字。那些诗装满了他的想念、他的痴情、他所有的离愁别绪，以及人生中注定要承受的孤独。

他和她的这段情，只能埋在心间。此事最堪恨。

在无数薄如蝉翼的烟色里，他只能怀着这份缥缈如风的情思度过余生。

他以为这一生，他们将无缘再见。谁知，在长安，在他和她都渐渐老去的时候，他们却再次相遇。

时过境迁，她已不是当初的那个她，他也不是当初的那个他。数十年的日日夜夜，对他们都是一寸一寸地蚕食。

那一年，他四十二岁。他虽已经中了进士，却因种种不顺，只是一个地位卑微的小官，且丧偶，还拖着一身病。而她，则成了一位心无杂念的高级道士，终日住在长安的华阳观中清修。

这样情状的两个人，怎样的交集似乎都有些许尴尬。

据说，有一次她邀他来赏月。他在纠结万分之后，最终未去，而是写了一首《月夜重寄宋华阳姊妹》给她：

偷桃窃药事难兼，

十二城中锁彩蟾。

应共三英同夜赏，

玉楼仍是水晶帘。

未能赴约的答案就在这首诗里了。他们已非过往，在经历过往生活给予的种种磨难困苦之后，若想再拾旧情，真是有心无力了。虽然，他对她依然一往情深，依旧念念不忘。

他们这一对历经苦难之人，在终于再见时，却仍因现实的障碍难以逾越。

他们，这一生注定无法终成眷属。

如他所说，"玉楼仍是水晶帘"，他们只能偷偷将彼此放在心底，一辈子。

尾语

爱恨缠绵，再怎样爱，也只能作罢。

后来的后来，他们成了友人。再后来，他拖着病体过着孤寂的生活。无端遭受了残酷的"牛李之争"，他的仕途之路一直坎坷跌宕，怀才不遇。丧偶后遇见她，她仍无法让自己光明正大地去爱，只能在无限的悲伤中度日如年。

某个秋风萧瑟的夜晚，他独上西楼，见庭中疏竹摇曳，恰如她飘逸的倩影。睹物思人，恍如一梦，不禁感怀这一生，写下了那首千古绝唱《锦瑟》。

他这痴爱的一生，如庄周梦蝶，以为自己可以化蝶而飞，谁知梦醒后自己还是庄周，而蝴蝶早已不知去向，不过南柯一梦。他和她的爱情，如望帝一般身死国灭，魂魄化为杜鹃，暮春啼苦，声声哀怨。

爱情已去，春将又残，一切不过一场凄美的梦罢了。

可是，这爱情如蓝田日暖、良玉生烟，这么美，却又这么可望而不可即。"皎月落于沧海之间，明珠浴于泪波之界，月也，珠也，泪也，三耶一耶？一化三耶？三即一耶？"谁又能知道？谁又能说得清楚？

情何以堪！情何以堪！那么今朝追忆，虽为怅恨，又当如何！

多少难言之痛、至苦之情、生离死别之恨，都在心中郁积，无法排遣。所以，在写下《锦瑟》后的第二年，他便在忧郁中溘然长逝。

望帝春心，庄生晓梦。

他的一生，便似这哀伤飘零的梦一场。

第四卷

鱼玄机　与　温庭筠

易求无价宝，难得有情郎

红　尘　相　遇　.　一　念　一　生

她，这个世间娟美如花的女子，
在岁月的深处因为爱情染尽了红尘最凄恻的情事。
以她的才情，本可以眉目冷冽，傲然于世，
可惜最后还是走不出那句"易求无价宝，难得有情郎"。

零·终爱意在心头，说不出即成空

　　唐宣宗大中八年（854年），她和他在鄂杜初识。是年，她十一岁，他四十余岁。

　　年龄阅历差距如此之大的两人，却因才情和惺惺相惜而坠入情天恨海。

　　他虽半世沧桑，然而才情犹富，丝毫不减。她仅读过他写过的一阕词《菩萨蛮》"水晶帘里颇黎枕，暖香惹梦鸳鸯锦。江上柳如烟，雁飞残月天。藕丝秋色浅，人胜参差剪。双鬓隔香红，玉钗头上风"，便沉沦其中，不可自拔。

　　于她，那一阕词不仅暖香惹梦，而且意犹未尽。

　　从此，他成了她眼前、心里那个仰慕的人，激起她春心荡漾，情波翻滚。

于是，她斗胆写了一首《卖残牡丹》的诗赠予他，连同自己隐藏的心意：

临风兴叹落花频，芳意潜消又一春。

应为价高人不问，却缘香甚蝶难亲。

红英只称生宫里，翠叶那堪染路尘。

及至移根上林苑，王孙方恨买无因。

他收到后又惊又喜，不想世间竟有这样才情绝艳的女子。惊喜之余，他挥毫泼墨，回以一首《鄠杜郊居》：

槿篱芳援近樵家，垄麦青青一径斜。

寂寞游人寒食后，夜来风雨送梨花。

这是她和他在春天里的第一次唱和。

她以美艳的牡丹只生在深宫，王孙公子无由买，淡言自己的哀怨；而他则于"夜来风雨送梨花"中流露出自己的伤感，诉说现实里诸多的无奈，虽感叹多于回应，却也表达了自己难以忘怀她的情绪。

年龄虽有差距，但他们第一次诗情交手就有聊胜于无的意味。诚如他们相约钓鱼成行时，他在那首《春尽与友人入裴氏林探渔竿》诗中表达的欲迎还拒之情。

一径互纡直，茅棘亦已繁。

晴阳入荒竹，暖暖和春园。

倚杖息惭倦，徘徊恋微暄。

历寻婵娟节，剪破苍筤根。

地闲修茎孤，林振余箨翻。

适心在所好，非必寻湘沅。

在他心底，她宛如窗棂上的温暖秋阳，然而，在他暮年时节的心境里，在他的岁月沧桑里，他那颗冷如寒冬的心无论如何都无法风花雪月了。

她如同一株花蕾初绽，他只敢远远观望，投以爱慕的目光，却没有勇气去摘取。

但即便面对他这样若有若无的爱意，她也还是让自己整个人沉溺其中，并深深地将自己的一颗真心蕴藏在诗里。她理解他的难处，也知晓他前半生屡试不第的经历，更懂得他抗拒这段情缘的无奈，所以对他并不强求。

她是早慧的。后世疼惜她的遭遇之余，看她走过的荆棘岁月，有时会觉得她还不如不早慧的好。

有情人若是没了在一起的缘分，便满蕴了感伤。

大中十二年（858年），她的才情获得春天状元及第的李亿的赏识，温庭筠便索性做了媒人，将她撮合成李亿的妾。

然而，宿命有劫，爱亦有劫。

李亿是有正妻的，强势而泼辣。不久，那位正妻便找上门来对她进行羞辱责难。李亿素来惧内，不敢阻止。她一介弱女子独自面对如此困境，只得选择了逃避。

是年冬天，温庭筠因同情她的遭遇寄一首《晚坐寄友人》给她：

九枝灯在琐窗空，希逸无聊恨不同。
晓梦未离金夹膝，早寒先到石屏风。
遗簪可惜三秋白，蜡烛犹残一寸红。
应卷鰕帘看皓齿，镜中惆怅见梧桐。

悲叹之情溢于言表，虽主体指自己，然则暗指的是所爱之人，那长夜寂寞的蜡烛犹如残余的一寸红，正是她逃离的情状。

她掩泪而读，作了《冬夜寄温飞卿》相和：

苦思搜诗灯下吟，不眠长夜怕寒衾。
满庭木叶愁风起，透幌纱窗惜月沈。

疏散未闲终遂愿，盛衰空见本来心。

幽栖莫定梧桐处，暮雀啾啾空绕林。

　　她的痴心痴情，终于在顷刻间暴发，如山洪，如暴雨，一发不可收。他在这炽热的表达里获悉了她的一片真心实意。她诉说了爱，也诉说了无法相见的苦，可是他不敢接受。

　　她只好前往江陵追寻李亿，然而"仗义每多屠狗辈，负心多是读书人"，李亿已不想与她再续前缘。沦落于江陵的她，再次想起心底深处的温庭筠，于是作了首《寄飞卿》寄给他。

　　有缘无分的爱情，只能用那句"而今识尽愁滋味，欲说还休"来表达。

　　那一年重阳，她仍然滞留在荆州，期待温庭筠能到江南来看自己，只是到头来仍是一厢情愿，于是赋诗一首《期友人阻雨不至》寄给他。

雁鱼空有信，鸡黍恨无期。

闭户方笼月，褰帘已散丝。

近泉鸣砌畔，远浪涨江湄。

乡思悲秋客，愁吟五字诗。

但凡像她这样痴情的女子，都会吟唱出这样的悲歌。

咸通二年（861年）秋，她决定东游。他作《送人东游》送她，依然不做任何挽留。

他，始终以放手的姿态对她。可是，这对坠入爱河里的女子而言极为悲哀。所以，她在《送别》一诗里写尽了她的孤苦无依，像极了"鸳鸯一只失群飞"。

他一生都郁郁不得志，即便爱了也无法给人以安慰。她终因此落了个痴心难对。

心被伤透了，她便决定待在一座山上隐修，独自舔舐自己的伤口。

咸通三年（862年）春，她还是返回了长安。此时，她曾先后收到温庭筠的两首诗，他在诗中诉说往事俱成旧梦，往日欢愉也皆如云烟，如流水，一切皆化为虚无。

于是，她回了一首诗给他，向他表露自己的心意。

终爱意在心头，说不出即成空。纵然那诗句里情涛似海，汹涌不休，却皆在时间里稍纵即逝。

诚如，那一年她于咸宜观出家，那个叫温庭筠的男子在冬日去世。

凡事，皆有注定。

情劫，亦不可避免。

壹·初相遇，情便浓

初时，她的名字叫幼微，纯真里尽见美好。

她生于唐武宗会昌二年（842年），父亲是一位怀才不遇的士人，虽饱读经书，却一生未能考取任何功名，担任任何官职，于是便将心血倾注于她，而且觉得女子微弱，更该读书。

正是由于有着这样通达的父亲，幼微小小年纪便跟随父亲识字、念书、作诗。

她自幼聪慧过人，据说五岁即能诵诗百首，七岁则可提笔作诗，到了十一二岁便成为被人称道的诗童了。

在风气开放、文明开化的唐代，这样才情满溢又花容月貌的女子，自然很快在长安城声名鹊起。

很快，她就吸引了那个当时名满京华的男子。他的名字，叫温庭筠。

于她，这是个耳熟能详的名字，虽未曾与他谋面过，然而在父亲的口中，他的名字时常被提及。或许，因为他和父亲一样，都有着终生不第的相似际遇，但他在诗坛上又混出了不小的名气，所以父亲时常会不无羡慕地提起他，于是他的名字就在她的心底悄悄生了根，发了芽。

不知不觉之间，她对他已暗生仰慕之心。

她从未想到过会和他相遇，并且是在那样和风习习的暮春午后。

他是慕名专程来寻访她的。在她家低矮阴暗的院落中，他们人生中第一次相见。

彼时，她虽不过十一岁的年纪，却出落得极为明丽姣好，一双灵秀的大眼睛在白嫩的肌肤衬托下如星辰般闪耀。

这样的她，让他心底不自觉地生出了一丝怜爱。

他原本是要考她的，想试探一下她的才情是否真如传闻中的那样。然而，在她写下他出题的"江边柳"的诗句时，他便被惊艳到了。

翠色连荒岸，烟姿入远楼。

影铺秋水面，花落钓人头。

　　根老藏鱼窟，枝底系客舟。

　　潇潇风雨夜，惊梦复添愁。

　　他反复吟诵，被诗中的遣词造句、意境诗情深深折服。如此难得一见的佳作，竟然出自眼前这个稚嫩的小姑娘之手，实在匪夷所思。

　　欢心之余，他还心生了怜悯，遂将她收为弟子，教她作诗。

　　那时，她的父亲已不在世。她与母亲一起蜗居在长安城东南角的平康里。当时，平康里是个烟花之地，娼妓云集。因为父亲过世，母亲为了生计便带着她帮附近青楼洗衣做针线活，以此谋生。

　　他的出现，如同一道温润的光照进了她的生命。

　　她与他度过了一段如花初绽的美好时光，似师生，亦似父女。他时常会来看她，或一起读书、写字，或一起吟诗、作诗。日子甘美如蜜酿，日日都是好时日。

　　只是好景不长，他要离开长安城了，远赴湖北襄阳去担任刺史徐简的幕僚。

　　此时，她惊觉自己早已将一颗爱慕之心交付于他。

　　那么多次的秉烛夜谈，那么多次的日读夜诵，都成了刺痛的回忆。可是，又能如何？她像一朵花刚刚绽开，他则如一棵老树早已沧桑，他的自惭形秽让他望而却步，终没能开口说出自己的爱意，只与她高山流水相知，全无半点人间烟火。

然而，于她，他成了她心底的烙印，滴了血，结了痂，留下了痕。

从此，她无论爱了别人，还是跟了别人，都绕不开他的影，诚如她曾寄给他的诗中所诉说的幽怨相思：

阶砌乱蛩鸣，庭柯烟露清。

月中邻乐响，楼上远山明。

珍簟凉风著，瑶琴寄恨生。

嵇君懒书札，底物慰秋情。

这深情厚意，只因他在未及笄的她的豆蔻心湖投下了一颗石子，激起一片烟水迷离。

贰·她因他生了无法抑制的伤

再相伴而行时，她已亭亭。十五岁的年纪，她已经学会了隐忍。

又是春日，她和温庭筠一起游览城南崇真观。却也巧，恰有几位新科进士在此舞文弄墨，将诗题于观壁上。她的诗兴被勾了起来，便随手题下一首七言绝句：

云峰满目放春晴，历历银钩指下生。
自恨罗衣掩诗句，举头空羡榜中名。

正是这首诗，影响了她的一生际遇。几日后，新科状元李亿看到了这首诗，心中惊叹不已，更将落款"幼微"的名字谨记于心。

同处长安城，其实他早就听说了她的名字，今日看了她的题诗，更是让他久久不能忘怀。

更有人告诉他幼微倾城倾国、沉鱼落雁，他便于心里揣度，一定要寻到鱼幼微。

世事皆有因缘。李亿原是江陵名门之后，与温庭筠恰有交情，某一日去往温庭筠处拜访，竟然在此见到了落款"幼微"二字的书画。苦苦寻找的佳人，原来竟是温先生的门生，这让他惊喜不已，而后他便将自己爱慕幼微的心意告诉了温庭筠。

李亿的心意，温庭筠深觉对幼微而言是极好的。李亿虽是浪子，却也可见真心诚意，于是便想促成这段良缘。

是年三月，李亿与鱼幼微相见。

出身名门的新科状元李亿眉眼俊俏、玉树临风，而且温文尔雅，加之细心体贴，一下子便慰藉了幼微枯寂的心。很快，他们便相好起来，随后他置了处小宅子，两人过起了神仙眷侣般的小日子。朝朝暮暮里，尽是缱绻温柔。

她是知道他有妻子裴氏的，然而裴氏并不知道她这样一个存在，因为他一直未曾告诉裴氏，也不敢告诉。身为妾室的幼微本就卑微，这样被藏起来更是毫无地位可言。所以，当裴氏听了传闻知道她之后，便妒火中烧，逼着李亿南下接自己到长安。

裴氏毕竟是出身官宦之家的小姐，李亿对她端地敬畏三分，于是撇下幼微南下接了裴氏。

其实，做妾幼微倒是不怨的，能与心上人朝夕相伴足矣。所以，当裴氏入京后，她处处小心敬侍。只是，裴氏天生气傲，断然无法容忍她的貌美。她的错误在于太美了，美得不可方物，且媚。这样一个闭月羞花、才貌兼备的女子，很容易让别的女人生出嫉恨来，尤其是对于出身望族的裴氏，这是极大的伤害。于是，她端着一副凛然的架子，想尽了办法折磨幼微，最后竟还用起了藤条进行毒打。

李亿害怕长此以往会出乱子，加之裴氏用性命相逼，便一纸休书，休了幼微。

起初，他还隐瞒着裴氏，将幼微安置在曲江一带的"咸宜观"之中，并对幼微许诺三年为期，一定会来接她。然而，男子多薄情，尤其是浪子。他，这一去再也没有回来。

那一年，幼微十七岁。

她长居咸宜观，与青灯相伴。而三年的等待，也成了一场空。当道观的观主去世后，心如死灰的幼微开始了改变，她艳旗高挂，于道观中贴出告示："鱼玄机诗文候教。"明着是寻找才子切磋诗文，实际上是行男女之事。

她也不再是往昔模样，仿佛换了身骨，变得妖娆媚艳。

女子有才有貌，终是不甘寂寞人前、泪洒人后的。幼微亦如此，即便投身道观做了道姑，似与这凡尘俗欲做了了断，但也还是不甘心将自己的如花之容、如锦之才就此埋没。

那一首情真意切的"枫叶千枝复万枝，江桥掩映暮帆迟。忆君心似西江水，日夜东流无歇时"，也换作了"羞日遮罗袖，愁春懒起妆。易求无价宝，难得有情郎。枕上潜垂泪，花间暗断肠。自能窥宋玉，何必恨王昌"的清醒通透。

这一世她将不爱了，也无法再爱了。

自此，她过起了浮华奢靡的生活。平日里，她常大摆筵席，诗文唱和，夜里则与男子翻云覆雨。一时间，长安才女鱼玄机艳名四起，只引得四方文人雅士、王孙显贵趋之若鹜。

她又一次名满京城。只是，这一次不似年少时被人夸耀，而是成了茶余饭后的谈资。一时坊间四处流传着她的传说，所谓"长安鱼玄机，一代好色女"等种种。

唯有她自己清楚，她的心底深处始终记挂着李亿，身子虽迎来送往，无论沾染多少污秽，心总是了无痕迹，始终清朗如月、天高云淡。

叁·再遇良人也非他

她带着侍女绿翘，以"玄机"的法号将旷世的才情在青灯古刹、木鱼钟磬里开出灿烂之花。

熙来攘往中，觥筹交错，醉眼迷离，丝竹笙歌，曼丽胡舞，而鱼玄机始终拈花冷笑，她早已将男人贪婪的目光和垂涎的欲望踩在脚下。

在看透感情，阅尽肉欲横流之后，她的内心早已迸发出愤青式的女权主义，她下定决心，绝不依靠男人，也绝不像玩物一般被男人玩弄。她始终希望遇到的是一个可以与她情投意合、能慰藉她心灵之人。于是，她在万绿丛中翻滚，拼了命地用一双慧黠的眼去搜寻那个人。

最早入她眼的是左名扬。左名扬虽是一介落第书生，但他那一身贵公子的儒雅风范和玉树临风的仪表，还是入了她的心。于是，她对他倾注了满腔的似水柔情，与他度过了一段快活赛神仙的时光。除了他之外，还有一个叫李近仁的男子。这个经营着丝绸生意的富商慷慨大方，不仅包揽了咸宜观的日常开销，而且也不限制她的交游。于是，鱼玄机也待他好，更曾写过一首诗来表达自己的心意：

今日喜时闻喜鹊，昨宵灯下拜灯花。
焚香出户迎潘岳，不羡牵牛织女家。

然而，他们只是叩开了她的心门，却并未曾打动她的真心。

左名扬只是相貌好，但是无法慰藉她孤寂的心；李近仁不过是个腰缠万贯的商人，未曾真正将真心放在她身上，否则怎会允许她继续交游？

不过都是逢场作戏罢了，但是好过那些只贪慕她肉体的男人。

直到遇到那位乐师，她才再次动了真情。只是，她未曾想到的是，那位乐师是她感情里的又一次劫。

乐师名叫陈韪，或许是慕名而来，或许是另有目的，总之，他一来就成了她的恋人。初见之下，她便在他略带腼腆的深情里沉溺，她这个在欢场混迹已久的女子，竟然为他茶饭无心。终于熬到上灯时分，她摊开一纸彩笺，写下了一首十足挑逗的情诗给他。

一番香艳过后，他成了她心头挚爱之宝，被她紧紧收藏在了心里。

某日，她应邀去邻家赴宴，因担心陈韪热情前来却扑了空，因此专门交待婢女绿翘："若陈公子来，就告诉他我在哪里。"去了邻家之后，她一直牵挂着心上人，而邻家女伴一直强留她，直到天黑才让她走。

她一回家就问绿翘："陈公子来否？"

双鬟微偏、面色潮红的绿翘答道："陈公子午后来访，我告诉他你去的地方，他只'嗯'了声就走了。"

玄机素来敏感，如何会察觉不出婢女的异样？是夜，她便唤绿翘进房厉声审问。虽有种种蛛丝马迹，但绿翘还是矢口否认。玄机俯身近看，细查绿翘的全身，终于发现了绿翘胸前那一抹指甲的划痕。

这划痕如同一根刺、一根针，刺痛了她的心，让她无法呼吸。于是，她举起藤条开始狠命地抽打绿翘。

绿翘这个眉眼娇俏、灵慧狐媚的少女，彻底地伤透了她。一直以来，她都对绿翘极为疼爱，和绿翘同衾共枕，为她梳髻，教她诗书，反过头来她却偷起了自己心爱的人。她忘了绿翘也会出落得娉娉袅袅，也忘了她们一起见惯了风月。更何况，她还那么娇嫩，似初绽的花蕾，满身盎然春意，比起她的斑驳浓稠，绿翘绝然是那枝头摇曳的青梅。她满目疮痍的身，怎抵得过她豆蔻梢头的妩媚？

绿翘在咸宜观问陈公子："是我好，还是师父好？"她那风铃一般悦耳的声音响彻在空寂的观里。

"翘儿，当然是你好。"他说。

"好在哪里？"

"你年轻啊，比她年轻！"

是的，玄机已不再年轻，在二十四岁的年纪是断然无法与十三岁少女相比的，更何况她虽外表依然美艳，心却是发了霉的青苔，湿答答的，令人不能靠近。

她，败给了岁月。

一想起此事，她就要发疯。而绿翘虽是婢女，却一身傲骨，不但拒不认错，还对她反唇相讥，历数她的风流韵事不说，还讽刺她"练师欲求三清长生之道，而未能忘解佩荐枕之欢"。

她，彻底被激怒了，本来被人轻贱、遭人白眼已久，积了一肚子怨愤，不料最后连个下人也如此轻视自己。被背叛的羞辱让她全盘失控，她在鞭打中将绿翘失手打死。

嫉恨也好，绝望也罢，面对情天恨海，她终究无法做到从容淡定、波澜不惊。而她心底痴缠至今的那个温润了岁月的人始终不在。

宿命如此。

她这个为爱执着的女子，终应了她自己那两句诉说情意的诗——"易求无价宝，难得有情郎"！

尾语

咸通九年（868年）。春。

一辆破旧的囚车晃晃悠悠地自长安城内缓缓驶出，碾过凋谢的片片桃花瓣。她那张寡淡苍白的脸上，再也寻不到一丝过往的容光。

一切皆是宿命。

她因爱生嫉，失手挞死了绿翘；而审问她的，竟是往日追求她未果的裴澄。她的生死都在一个个爱恨里。

刑场之上，仰望的一霎，她又看见了飞卿。

她想起，那时也是暮春。平康里的桃花也是开了一树一树，风一拂过，落英缤纷。她和他一前一后地走着。彼时，他是专门来此拜访她的。看到自己仰慕已久的诗人，她的心有如小鹿般乱撞。

　　她赋诗一首，他惊艳不已。于是，他收她为徒，她情愫渐生，不能自拔，只是他无法不顾世俗的流言蜚语娶她为妻。于是，一场寂寞的苦恋萦绕在她的心头。自此，她无论再遇见多少人，心底始终有着他的影子，永远挥之不去。

　　随着她的逝去，一场烟花归于寂灭，她的爱与恨都变得无比遥远。

第五卷

霍小玉 与 李益

千里佳期一夕休

红　尘　相　遇　.　一　念　一　生

　　他，是这世间写情写得最缠绵浓稠的才子，也是这世间负情负到最极致的薄情男子。

　　他的多情，他的薄情，如同一株双生花。

　　爱时气象峥嵘，不爱时偃旗息鼓。

　　由此，害苦了那个为爱而生的女子。她以生死度量爱恨，郁郁行于爱的河岸，可是爱和恨都在彼岸，无法抵达，于是，她以性命为爱陪葬。

　　冷月寂寂，心那么疼，遗忘又是那么长！

零·从此无心爱良夜

说起情诗，总逃不过李益的这首《写情》：

水纹珍簟思悠悠，千里佳期一夕休。
从此无心爱良夜，任他明月下西楼。

满纸透着一种爱的无奈和哀伤，隐约有一丝怨气在时光里慢慢穿行，令人动容。尤其后两句，最是入心。自你走后心憔悴，月儿升了又落，留我孤独一人，自此良辰美景再无意义。

据说，这首缠绵的情诗缘于名妓霍小玉。

彼时，长安城内，她先爱上了他的诗，又爱上了他的人。于是，他们结下了一段尘缘。

不过，这因诗而起的缘、因诗而起的情，却因凡尘世事让他们成了一对可怜可悲的人。

她曾无比仰慕他的才情，徜徉在他写的诗里，熬尽万千相思。然而，他们相爱相守只短短两年，他便为了仕途而离开，她就此闭门谢客，苦等他的归来。怎知，他一去不复返。

距离就像磨盘，会将爱情生生磨成粉末，只消轻轻一吹就散落一地。

他并未远离到不能来见她，而是不够爱了，世俗的约束虽是一番说辞，然而最重要的还是爱情消失了。如同粉末，纷纷散落一地，再也难入心底。所以，他娶了卢氏过起美满的生活，拒她于千里之外。

而她一直苦苦守候在他们相恋的地方，痴心不改。

女子的爱总显得卑微，因为太过用情，总让自己低入尘埃。后世的柳如是这样，霍小玉也这样。她虽见惯了风月场上的逢场作戏，却仍满怀执念，等他归来。

可是，等得愈久，伤得愈深。

她散尽钱财，也未寻到他的一丝踪迹；憔悴了容颜，也未能等到他回到自己身边。

她不知道，男子若是心里没有了你，任你再怎样寻找、任你再怎样哭闹寻死都是没有用的。

据说，那时李益特意找了一处不为人知的住所，不透露给她一丝一毫消息，更不愿意去见她一面，绝情绝义到仿佛他们不曾有过任何交集。

最后，李益的表弟看不下去了。他曾受过小玉的资助之恩，便原原本本地告诉了小玉。

霍小玉因此卧病不起，而李益始终不为所动，有时间在京城赏花吟诗，也不肯去见她一面。

人都说，唐朝是个侠士出没的时代。彼时，一位"黄衫客"挺身而出，直接将李益绑了来，可是又能如何？绑了他的身，绑不了他的心。面对病榻上的霍小玉，他没有任何怜惜之意。小玉见了心如死灰，挣扎着拿起一杯酒泼洒在地，自示"覆水难收"。

她终因爱而不得深受情伤，抑郁而终。她说过："我死之后，必为厉鬼，使君妻妾，终日不安！"终一语成谶，他后来几任妻子都不得善终。

"情"之一字，最是伤人。

在这场爱情悲剧里，霍小玉可怜，李益也可怜。

那一句"从此无心爱良夜，任他明月下西楼"，曾打动过无数有情人。

只可惜，他们不是。

壹·世有女子霍小玉

霍小玉生在王侯家，父亲原是一代枭雄——唐玄宗时代的武将霍王爷。小玉作为小女儿，深得霍王爷喜爱。

母亲名叫净持，人如其字，是一个极为清丽的女子。由于出身卑微，初入霍府时只是一名婢女。所谓"天生丽质难自弃"，净持便是这样的女子，虽然地位极其卑微，却仍然引人注目。霍王爷被她深深吸引住了，于是纳她为妾。

对卑微的人而言，这可谓是最好的结局。寻一处安稳，得一人宠爱，便是幸福，足以心满意足。

那一年的净持便是如此。她安心地依附于这个给她安全感的高大男子，为他生下女儿小玉。

她本以为这一生安稳无忧，谁知世事难料，霍王爷在一次战乱中身亡。庶出的命运素来悲惨，小玉虽贵为王侯之女，但因是低贱的人所生，所以被霍家无情地驱逐出门，连带着她的母亲净持。

唐代文学家蒋防写了一篇《霍小玉传》将此事道来："王之初薨，诸弟兄以其出自贱庶，不甚收录。因分与资财，遣居于外，易姓为郑氏，人亦不知其王女。"分得微薄资产的母女二人流落民间，相依为命，小玉改姓郑氏，活在普通百姓中间。

自此，再没有人知道她是霍王爷的女儿。然而，她骨子里的贵气，始终让她艳绝于人。

她不仅美艳动人、情趣高雅、神态飘逸，而且琴棋书画样样精通。霍小玉逐渐成长为一个明艳无比的少女。

生活是残酷的，钱财是有限的。为了维持母女两人的生计，她学习母亲的旧技，入了教坊，成了一位卖艺不卖身的"清倌人"，也就是歌舞伎。

做歌舞伎，是那时的寒门女子为了生存多半会选择的"出路"。

此年，霍小玉才十六岁。她一出道，便因清丽可人而名动京城。

中唐大历年间，李白、杜甫的诗歌盛世已然成为过去，"元白""小李杜"的花期还未到来。有才子之名的李益作为"大历十大才子"之一，成为翘楚。李益的诗歌用词典雅，哀婉凄艳，被谱上曲子，在长安教坊广为传唱。据说，他的诗每每墨迹未干，就会被乐工们千方百计地求来，谱上曲子让歌舞伎们吟唱。

其中，唱得最为动人的是长安名妓霍小玉。

霍小玉诗词颇佳，唱功更为出色。据说，她轻启朱唇，歌声婉转，可绕梁三日，深受长安文人墨客的推崇。在众多的唱词中，霍小玉唱得最惊艳的还数李益的作品。

她唱李益的诗，如泣如诉，尽得真味。她也在歌唱中听闻了他的才名，对他这位大才子仰慕已久。

在他所有的诗中，她最爱的是那首《江南曲》。每每唱起，都会感人肺腑：

嫁得瞿塘贾，朝朝误妾期。
早知潮有信，嫁与弄潮儿。

她是一个经历过生活磨难的人，深知李益幽怨婉转的诗中写满了忧伤和孤寂，对此，她感同身受，懂得他的悲凉。

若非"安史之乱"，若没有这场战事，霍小玉的人生不应是现在这样，或许，可以每日吟诗作对，过着自在的生活。

　　然而，人生没有如果。生而为人，有太多的宿命，一如她后来
的爱情，以及她深深爱上的那个人。

　　他们之间兜兜转转的缘分，亦是宿命。

贰·一颗爱他的奴儿心

那一年，有人称："霍小玉唱李十郎诗，尽得其中三昧。"

李十郎，便是李益。

《唐宋传奇集·霍小玉传》里说李益："生门族清华，少有才思，丽词嘉句，时谓无双。"这样的才子，自是让万千佳人为之倾倒。

那一年，他一首雄浑沉郁、遒劲有力的边塞诗《夜上受降城闻笛》，让他才名远播。

回乐烽前沙似雪，受降城外月如霜。

不知何处吹芦管，一夜征人尽望乡。

不过，于世人而言，边塞诗的苍凉幽远断比不过情诗的意味万千。

所以，大家最爱的还是他写的那些情诗，霍小玉亦如是。

李益才学过人，是个名副其实的翩翩佳公子，年少时便中了进士，可谓春风得意。

原本，他该有大好前途，只是遇到了霍小玉，人生由此变得乖张。

若说他是才子心性也不假，进入官场前他便狠狠地浪漫了一把，他要遍寻名妓，求得佳偶，以色侍风流。

当时恰有媒婆鲍十一娘，不仅巧舌如簧，而且善于出谋划策。她从前是薛驸马家的一名婢女，后得以赎身嫁了人，已从良十多年。只要她出马，没有她打探不到的消息，于是人们推她做了领头。

为寻名妓，李益给予她重金。又逢霍小玉的母亲托她推荐李益与小女相识，就此，一段情缘落地。

在胜业坊古寺巷里，他们终于见到了彼此。

一个是久仰对方才名，终于见到风流倜傥的偶像；一个是苦觅佳人，终于见到才貌双全且懂得欣赏自己诗文的奇女子。

与君初相识，犹如故人归。就像所有花好月圆的故事，他们一见钟情，情意缠绵，难舍难分。所谓天造地设一对，便是如此。

"一室之中，若琼林玉树，互相照耀。"才子佳人，恩爱两不疑。正如李益所说："小娘子爱才，鄙夫重色。两好相映，才貌相兼。"

这样的两人，自然相得益彰。

在他们相爱的时光里，窗外的海棠总是开得极为娇艳。花正浓，东风起，片片花瓣渐次飘飞，落到有情人眼里，自是无限美好。

若有知音见采，不辞遍唱阳春。他们这对才子佳人的情深意浓，才是这世间最好的风景。

春日艳阳里，他们携手游遍长安街巷，如新婚夫妇欢愉惬意。夜色阑珊时，她与他秉烛相欢，一注目，一颔首，全是相识经年的情真意切。

只是，她太过聪敏，看过太多薄情寡义，唱过太多悲欢离合。她知道，凡尘里的幸福稍纵即逝。

某日，她哭着问他："妾本娼家，自知非匹，今以色爱，托其仁贤。但虑一旦色衰，恩移情替，使女萝无托，秋扇见捐。极欢之际，不觉悲至。"

所有陷入爱恋的女子，都会害怕别离。小玉如此，其他女子也如此。

越是深爱，越是在乎；越是在乎，便越怕失去。何况，小玉深知自己不过是风尘里求生的贫贱女子，本就和家世显赫的他不相配，与他携手白头纯属奢望。

恋爱中的男子往往表现得重情重义，李益也是如此。见小玉如此患得患失，他当即表明真心，立下誓言："平生志愿，今日获从，粉骨碎身，誓不相舍。夫人何发此言？请以素缣，著之盟约。"

他是个倚马可待的人，当即拿过笔来写成文句，引山河做比喻，指日月表诚心，句句恳切，都是生死不离的赤诚。

小玉本就是个天真烂漫的女子，听了他的誓言，便将一颗真心交付于他。

叁·他，终负佳期

只是，爱情就像烟花，瞬间的相爱容易，难得的是天长地久。

他们相处仅两年，就要面临分别。

那一年，李益应试及第，不久朝廷派他外任。中了进士是何等的风光和荣耀，按照习俗要回乡祭祖，算是荣归故里。

于是，李益打算先回陇西祭祖探亲，再走马上任。

时值四月，清风习习，鸟语花香。然而，他的离期在即，她的心惶惶不可终日。

她知道，这次离别，后会无期；她也知道，男子如鸿，一飘飞就不见踪影。毕竟，她是个历经风尘的女子，看惯了多情女子无情郎。一个男子一旦官位高显，便容易变心。

她为此忧心忡忡，并做了最坏的打算，凄凄地对李益说："妾年始十八，君才二十有二，逮君壮室之秋，犹有八岁。一生欢爱，愿毕此期。然后妙选高门，以谐秦晋，亦未为晚。妾便舍弃人事，剪发批缁。夙昔之愿，于此足矣。"

彼时的李益，不过二十二岁，唐时男子到三十岁结婚也不为过。小玉是希望再与他共度八年良辰时光，可以没有名分，八年后李益可以娶妻，自己则遁入空门，从此两不相欠，各安其所。

不求一生，亦不求一世，只求短暂。

她真是一个为爱执着的女子，在世俗面前，亦看得通透。她知道，若想让他的家人接受她这个风尘女子断无可能，但为了爱情，她只想让良辰佳期延长八年，她便心满意足。

那时，李益对她尚有情愫，于是安抚她说，必定会来迎接她，绝不食言。他取过笔墨，把婚约写于一方素绫上："明春三月，迎取佳人，郑县团聚，永不分离。"

可是，誓言有时只是虚幻，情感的期限永远追不上时间的尽头。

尽管他写下的是对小玉的真心，但是人事的无常岂是白纸黑字的约定可以扭转的。

他这边与她山盟海誓，父母那边已忙着和豪门卢家为他订立婚约。

卢家是李益母亲的表亲，是很有权势的豪门世家。李益母亲是看中了卢家的有钱有势，故而为他跟卢家之女定了婚期。

不知他是看中了卢家的权势，还是看中了卢家之女的温柔贤良，亦或有其他因由，总之，他应允了这门亲事，并且很快就和卢氏结为夫妻。至于曾经和小玉的山盟海誓，他只当从未有过。

小玉已然成为柳絮，在他心头随风飘散。

与高贵的卢氏相比，小玉的卑微尽显，她不过一风尘女子，更何况他即将飞黄腾达，即便她才情斐然，他到底还是抵不过世俗的眼光。毕竟，他现在是有身份的人。

现实有时就是如此残酷，残酷得令人泣血。

他的失信，他的失义，害苦了痴情的小玉。

她苦苦等待一年多，一颗痴心在等待里变得满目疮痍，可是又能如何？爱人若是变了心，哪管你的死活？但是，她是个执拗烈性的女子，尽管聪慧却有些偏执，虽预料到他会失信，却不改初衷。

她望穿秋水，不见君还，心中一潭孤寂。

他并未对她的等待有任何感念。他和卢氏其实就生活在长安，他们在长安成亲，并秘密寻了一处不为人知的住所，只是不肯透露给小玉任何消息。

人说，躲过一个人比忘记一个人容易得多。

小玉一颗执念的心始终不死，她散尽钱财，只为寻到他。

到这时，在小玉的心里已不单单是寻他这个人，更多的是寻自己那颗在爱情中迷失的心。

李益的表弟曾经受过小玉的资助，为报资助之恩，便将所知的一切原原本本都告诉了她。

她虽早有预料，但听到这一切时，心里还是忍不住万分冤苦悲愤，就此气病在床。

此时，有人实在看不过，劝李益去见小玉一面。

可是，一个人一旦负心，任你十头牛都拉不回来。他不念旧情，仍不去看她，不仅如此，还一如既往地赏花吟诗。

唐朝是侠士出没的时代，有一位"黄衫客"听闻了霍小玉的悲情故事，于是挺身而出，帮霍小玉将李益直接绑了来。此时的霍小玉已然病入膏肓，一见到他便挣扎着起来，拿起一杯酒泼洒在地，狠狠地说道："我为女子，薄命如斯，君是丈夫，负心若此！韶颜稚齿，饮恨而终。慈母在堂，不能供养。绮罗弦管，从此永休。征痛黄泉，皆君所致。李君李君，今当永诀！我死之后，必为厉鬼，使君妻妾，终日不安！"

这是她的临终之语。虽绝情恶毒，却也解气。他负她佳期，就必须接受这恶报。

诚如是，他的后半生就活在了她这"我死了之后，必定化作厉鬼，让你的妻妾们不得安宁，你害我一生，我也不会让你惬意过一生"的咒语里。

"水纹珍簟思悠悠，千里佳期一夕休"，亦成了他们这段孽恋的注脚。

尾语

　　写情写得最入骨的李碧华曾说："情之一字，熏神染骨，误尽苍生。"

　　这句话同样适用于李益。若非遇见霍小玉，或许他的一生会是诗名彰显的一生，或许他会官运亨通，一生活在荣华富贵里。只是，他和她不仅相遇，而且产生了一段纠缠的情缘。本以为"少年游春，佳偶天成，倾心相许"，不料无端地生出恶来。

　　小玉的死太过凄厉，他的后半生在这凄厉里变得不安。

　　他开始精神恍惚，时常会看到有男子跟卢氏来往，误以为卢氏有私情，开始家暴，百般虐待她。身边的侍妾也被他猜忌，有的因此被杀掉。

　　后来，他还娶了几任妻子，几任妻子的命运都和卢氏相同。

他由此得了暴戾的恶名，《唐才子传》中如此记载："益少有僻疾，多猜忌，防闲妻妾，过为苛酷，有散灰扃户之谈，时称为'妒痴尚书李十郎'。"

恨与怨，让小玉一语成谶。

李益的后半生，一直活在疑妻虐妻的阴森恐怖之中，心里阴霾密布，再无快乐可言，真应了她说的"我死之后，必为厉鬼，使君妻妾，终日不安"。

这，或许是爱情中最残酷的惩罚。

他写过的那么多绮丽情诗里，不知有几首是真正写给爱过他的霍小玉的。

"从此无心爱良夜，任他明月下西楼"，是他《写情》里的后两句诗，据说这首诗是为霍小玉而写，后世的人念此诗句时为他的有情、多情及专情深深感动，只是不知他写这首诗时到底用了几分真心。

在这场爱情里，霍小玉可怜，其实他也可怜。本是"金风玉露一相逢"的佳缘，没想到最后一个死、一个伤，没有一个开心的人。

唯叹世间情为何物！

第六卷

小周后 与 李煜

林花谢了春红

红　尘　相　遇　·　一　念　一　生

　　他，是显赫的帝王，满腹才情，又风流多情，给她以深深的爱怜。

　　她，在他对自己的爱里受宠若惊，迷醉沉溺。

　　本以为，这一世可得依靠，得安稳，谁知，山河破碎，他虽是多情的词人，却不是强硬的君主。

　　于是，他丢了故国，亦丢了爱人。

　　他，写下那一首绝望而凄美的《虞美人》给她，诉说对她的亏欠与眷恋，却加快了他和她悲惨结局的到来。

　　注定的宿命，一切都无常，包括他们至真至深的爱情。

零 · 虞美人

他与她初逢之时，她不过是个五岁的孩童，懵懂地跟在家人身后摇摇晃晃地走着，一切都不懂。

而他那时，眼底心里全都是大周后的貌美如花。身为大周后妹妹的她虽娇美稚嫩，惹人喜爱，却不过是个让人欢喜的娃娃。

可是，有谁知道，时光有着撩人心扉的功力？当她经过十年的光阴，出落成一个貌美如花的少女，站在他面前时，他的心如春水荡漾开来。

那是一个杏花微雨的季节，她悄悄而来，依然是跟着家人。小时见过的堂皇犹在，只是此时的心境已经变得不同。

曾经，她只是觉得皇宫是个很好的玩乐之地，如今却多了几分艳羡姐姐的成分，生出了想要享受这荣华之心。

起初，大周后病重，他们俩一门心思地照料着她。他心急如焚地陪伴左右，她亦焦灼万分地祈祷姐姐早日康复。

若是没有那场午后的错误相见，也许她依然是她，他依然是他，并没有什么特殊的交集。

只是，一切皆有命运的安排。

那日午后，他偶发兴致进入了她的房间，撞见她酣睡未醒。她肤白若雪，散发着少女的芳香，即便他阅女无数，还是被她吸引了。

毕竟是少女怀春的年纪，对于他的倾慕之心，她早有感觉。而她也一直仰慕着他，他的才情，他的柔情，加之他九五之尊的高位，都早已让她悸动不已。

只是，她不敢与他过于接近，毕竟他是姐姐的夫君，是她的姐夫。

她也知道他与姐姐的伉俪情深。弱水三千，他早已取了姐姐这一瓢。她并无贪念，即使有过幻想也只是从心头一闪即过，只是谁知他送她一首《菩萨蛮》：

蓬莱院闭天台女，画堂昼寝人无语。抛枕翠云光，绣衣闻异香。
潜来珠锁动，恨觉银屏梦。脸慢笑盈盈，相看无限情。

一句"相看无限情"，让她的心瞬间就系在了他的身上，决定一生一世都要与他做一双人，哪怕没有名分。

只是，碍于姐姐，怕姐姐伤心，起初他们只是偷偷幽会。他将她藏于金屋，夜夜前来相聚。尽管他最爱的妻子大周后还在重病之中，但天性风流多情的他，仍然觉得拥有她无比美好。年轻的小周后朝气蓬勃，天真无邪，让他觉得无比舒畅和轻松，仿佛这世间再无烦忧。

于是，他为他们的约会写下了不少香艳的词。最著名的是那首《菩萨蛮·花明月暗笼轻雾》：

花明月暗笼轻雾，今宵好向郎边去。刬袜步香阶，手提金缕鞋。

画堂南畔见，一向偎人颤。奴为出来难，教君恣意怜。

一句"刬袜步香阶，手提金缕鞋"，将他们的香艳之事描写得惟妙惟肖。一时间，宫廷内外关于他们偷情的传闻满天飞。

只可惜了大周后，在听说他们的情事之后，病情更是恶化，最后不治身亡。

对此，他悔恨不已。他们在一起的情形依然历历在目，每一幕都让他无比感伤。于是，他为她写下了一篇感人肺腑的祭文《昭惠周后诔》，然而斯人已逝，一切都是徒劳。

她默默地守在他身边，给他以安慰，以陪伴。直到四年后，她才被立为皇后，成了他正大光明的妻。

这以后，他们本可以白头偕老，安稳度日。然而，他不是平民，他是一国之君，那个叫赵匡胤的后周大将黄袍加身后，想一统江山，吞并他这一隅之地，夺走他的帝位。

那一天，终于还是来了。他为了国民的平安，选择了屈辱投降。

自此，世间再无南唐后主。

然而，如果仅仅只是失去了帝位也并无大碍，他本身对帝位并不热衷。哪怕屈辱地活着，只要两个人可以相伴终老，亦是难能可贵。但是，赵匡胤的弟弟赵光义当了皇帝后并不允许他活下去，终于毒杀了他，而她亦在遭受多次凌辱后选择了自杀，结束了自己的生命。

他和她的故事就此画上了句号。

壹 · 相看无限情

那一年七月七日之夜，他和大周后在碧落宫里观霓裳羽衣舞，兴致来了便开怀畅饮，直到天色已明。

未曾料到的是，大周后因多饮了几杯酒，着了凉，病倒了。

见大周后病倒，他开始茶饭无心，日夜陪伴，盼望她早日痊愈。后来，大周后想让娘家人来探望自己。就这样，她的妹妹周薇便跟随父母来到了宫中。

周薇比姐姐小十四岁，跟当年刚入宫的姐姐一样，出落得极其俊俏，但比她那时更年轻、活泼。

这样的周薇，深得李煜母后的喜爱，被留在了宫中小住。

正是这次小住，开启了他和她的情缘。

那是一次偶然的探望。他想知道她是否住得习惯，于是在午后，去她住的瑶光殿画堂探望。当他抵达门外时，临时起意想给她一个意外惊喜，便没让宫女们通报。就这样，他径直地走到画堂内。未曾想，看到的是他一生难以忘怀的一幕。

隔着珠帘，只见她酣睡如同婴儿一般，分外软糯可人。于是他忍不住悄悄掀起珠帘，整个人便被她深深吸引。他曾见过无数女子的睡姿，还从未见过有谁似她这般娇媚诱惑。那薄如蝉翼的睡衣，将她的曲线隐约舒展开来，浓密乌黑的秀发铺满了半张绣榻，少女特有的体香一阵阵袭来，吸引着他一步步靠近。

本来，他只想看得更真切，谁知不小心碰响了珠锁，声音惊醒了她。恍惚中，四目相对，他满脸尴尬，连忙道歉时，她已起身下床向他请安。身着睡衣的她更显诱惑，他已被她深深吸引。他知道，她已非曾经的那个五岁孩童，她已经长大，可以与他共赏风月。

于是，他大胆地用一种男子看心爱女子的眼光看她。

她虽然年纪尚小，且懵懂，但女性特有的直觉告诉她，眼前的姐夫对她生了爱意。

她忙去屏风后更了衣，出来重新施礼坐下。为了打破尴尬，她问起姐姐的病情。但尴尬的气氛始终未散，于是，他借故告辞。

然而，他虽然人离开了，心却还留在了那里。

在澄心堂数次忆起时，他都心潮难平，于是深情地填下了那首

《菩萨蛮·蓬莱院闭天台女》。

其中，"抛枕翠云光，绣衣闻异香"，说的是她让人难以抗拒的魅力；"脸慢笑盈盈，相看无限情"，是说自己对她心动不已，彻底沦陷。

写完后，他便命人将这首满怀情意和心思的小词给她送去。

聪慧如她，怎会不知此中心意？对他，她早就仰慕不已。若是可与他相守缠绵，亦是幸事。毕竟，谁能知道自己这一生将托付于谁，谁又能知道托付的那个素不相识的人会不会怜爱自己？与其冒着莫大风险托付给一个素不相识之人，还不如跟随自己仰慕的姐夫。

可是，姐姐病重，她并没有答应他，只是心里这么盘算着。

然而，他毕竟身为帝王，还是霸道了些，多日的相思之后，他终于写了密信给她，邀她月夜到御苑红罗小亭相见。

红罗小亭，乃是他在御苑群花之中建的一亭，罩以红罗，装饰以玳瑁、象牙，雕镂得极其奢华。最重要的是，亭中有一榻，铺着鸳绮鹤绫、锦簇珠光的榻。

他是想，与她在这榻上缠绵不休。

接到密信，她思来想去，最终还是怀揣着一颗少女的忐忑之心前去赴约了。三更之后，趁着月色朦胧、万籁俱寂之时，她轻手轻脚地来到了红罗小亭，因担心金缕鞋踏出声响，于是脱下来提在了手上。

到了之后，看到他早已等在那里。于是，她将身心全部交付给他。

终得美人，他喜不自胜，欢喜不已，忘形之下填了那首"奴为出来难，教君恣意怜"的词。

这阕词香艳撩人，很快就被宫女传播开来，更是流于宫外。他和她的情事一时被传为风流佳话。

眼见他与她每日如胶似漆，心怀嫉妒的嫔妃们便故意将他填的这两阕词捎给病重的大周后。

起初，大周后并不相信自己的妹妹和最爱的夫君会如此背叛自己，可是某一天她见到了妹妹，问起她什么时候来的，妹妹回答已被姐夫接来多日，几次来看姐姐，见姐姐昏睡便没有打扰。听到这里，大周后便什么都知晓了。

大周后什么都不想说了，也不想质问什么。她的心累了，也被伤了，只好痛苦地闭上眼睛，让自己平复。最终，还是没禁受得住这背叛带来的打击，病情愈发重了起来，不久便撒手尘寰。

对大周后的离世，他悔恨不已。他虽风流，但亦深情。

她逝去后，他忆起他和她曾经的美好，于是下旨从厚殡殓，附葬山陵，谥为昭惠皇后，并亲临她的灵前祭拜，还写下了长达千字的祭文，重温她的美好以及他们在一起的美满恩爱。最后，他更是不顾自己的身份署名"鳏夫煜"，命人镌刻在她的碑上。

这之后很长一段时间，他都郁郁寡欢，写下了很多情真意切、感人肺腑的悼亡诗，比如"层城无复见娇姿，佳节缠哀不自持。空有当年旧烟月，芙蓉城上哭蛾眉"，比如"珠碎眼前珍，花雕世外春。未销心里恨，又失掌中身。玉笥犹残药，香奁已染尘。前哀将后感，无泪可沾巾。艳质同芳树，浮危道略同。正悲春落实，又苦雨伤丛。秾丽今何在？飘零事已空。沉沉无问处，千载谢东风"等。

这些字句里，都满蕴了他对大周后的深切情意和拳拳哀痛。

其间，她始终不离不弃，留在宫中陪伴他度过悲伤的日日夜夜。

自此，她都将跟随他一生一世，直到地老天荒、海枯石烂！

贰·教君恣意怜

开宝元年（968年），大周后死后四年，他终于为她举行了正式婚礼，启用皇家规格最高的仪仗迎娶了她。

在经过了整整四年之后，她终于成为正式的国后。自此，她的不再叫周薇，而是小周后。

这一年，她十九岁，与姐姐当年嫁给李煜的年纪相当。

彼时，按照惯例，婚礼举行的第二天，李煜要大宴群臣，赴宴的群臣则要写诗贺喜。可是，关于李煜和小周后"手提金缕鞋"的艳闻早已传遍天下，再大的婚礼也只是走个过场，他们早有夫妻之实，哪有什么洞房花烛可言？于是，众臣子写出来的贺词极具讽刺意味。

不过，他却不恼。能与小周后相携相伴，他已心满意足，于是一笑了之，继续过他的风花雪月。

　　失去了大周后，他早已看透生死，更觉良辰难得，只想抓住一切机会享受美酒美人。于是，本就厌烦政事的他更加不理朝政，与小周后整日游览金陵美景，如闲云野鹤般吟诗作对，过着才子佳人的生活。

　　那时的南唐早已内外交困，然而，久被国事困扰的他只想在她的怀里沉沦。若没有了她的柔情妩媚，他早已生无可恋。对他而言，美人总比江山重要。他宁愿日日沉醉温柔乡，做一个多情的君主。

　　对当时的各国而言，他这样胸无大志的皇帝其实不足以构成任何威胁，然而那个叫赵匡胤的后周大将称帝之后，却并不肯放过他，怒言："江南亦何罪？但天下一家，卧榻之侧，岂容他人酣睡！"

　　其实，赵匡胤本身颇为欣赏李后主的才情，也喜欢他的仁厚和浪漫，曾几次劝降他，不料均被拒绝。

　　尽管李后主也知道战事迫在眉睫，但风流多情占据了他的头脑。他爱她至深，只想与她花前月下，白头到老，因而依旧日日与她风花雪月，但因此也将自己和自己的国度一步步推向万劫不复之地。

　　小周后喜欢绿色，他便将宫殿上下装饰成绿色，无论衾枕帷幄还是裙带衣饰，乃至钗环珠宝、清供玩物，都染为绿色。后宫上下，不止她一人绿，其他妃嫔见她着青碧之裳飘然出尘，便都效仿起她来，争相穿碧色衣裳。虽然碧色一片，但仍有人觉得颜色不够纯正，便亲自动手染起绢帛来。有一宫女染了一匹绢晒在苑内，夜间忘了收取，结果被露水沾湿。第二天一看，颜色分外鲜明。这时恰好被李煜和小周后看见了，他们都觉甚好，此后其他妃嫔宫女都以露水染碧为衣，于是便有了赫赫有名的"天水碧"。

除了爱极了绿，小周后还喜欢焚香，每日沉浸在焚香里。满殿都氤氲着浓郁的芬芳，她坐于其间，如在云雾之中，远远望去，如仙子一般飘逸脱尘。为了避免帐中焚香导致失火，她研发了一种用鹅梨蒸沉香的方法，将处理过的香料置于帐中，香气弥漫，令人心醉。

这样的小周后，使得李煜对她更加迷恋，寸步不离，视六宫粉黛如尘土。

他们的趣味愈发相同，李煜开始热衷将茶油花子制成花饼，令宫嫔淡妆素服，缕金于面，用花饼施于额上，名曰"北苑妆"。一时间，宫里上下妃嫔宫人一个个都去了浓装艳饰，穿起了缟衣素裳，鬓列金饰，额施花饼，行走起来，衣袂飘扬，远远望去，好似广寒仙子一般别具风韵。

除此，他们还整天一起研制各种香茗，烹煮起来，清香扑鼻，入口清醇。李煜甚至亲自为每种香茗题名，列入食谱，待新制香茗配备齐全，备下盛宴，召大臣入宫赴宴，是为"内香筵"。晚来时分，吩咐不点蜡烛，而是在宫殿内悬挂上夜明珠，光照如昼，煞是迷离。

　　这一对夫唱妇随的璧人，深深陶醉于幸福之中，只是不知国亡将近。

叁·流水落花春去也

　　他生在帝王家，本可享尽一生荣华富贵。只可惜，他生不逢时，战事纷飞，他的那个时代是个乱世。

　　彼时，是五代十国的局面。从907年唐朝灭亡开始，军阀就混战不休。各方势力割据，你方唱罢我登场地将大唐赫然分裂。北方有五代——梁、唐、晋、汉、周，南方有十国——前蜀、后蜀、吴、南唐、吴越、闽、楚、南汉、南平（荆南）、北汉等。其中，南唐面积最大。

　　处于华美江南的南唐，跨湖南、江苏、江西、安徽等地，三千里山河，首都金陵更是辽阔富饶，山水如墨。李煜的祖父李昪是南唐开国皇帝，志在扫荡诸国，一统天下，重振李唐王朝雄风。

　　然而，李煜和父亲李璟都非喜武之人，而是喜好诗词歌赋，李

煜比其父更是

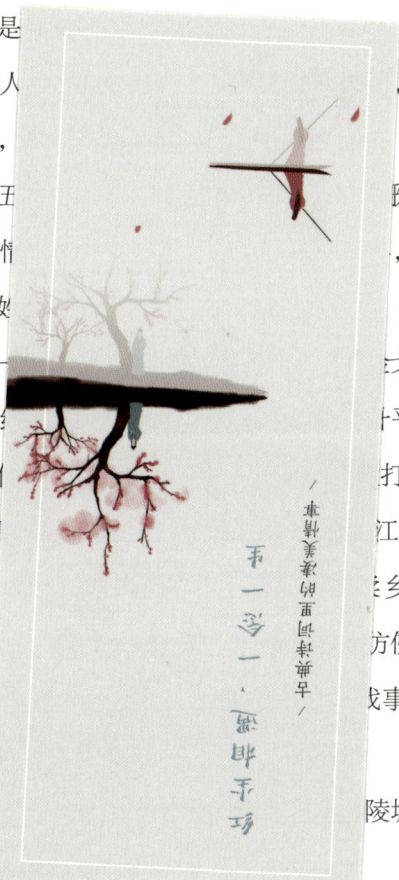

　　兄弟十人　　　　　　　　　　　，也最爱诗词歌赋。
在他的心里，

　　他二十五　　　　　　　　　　歌赋、美酒美人。

　　他极不忍　　　　　　　　　，薄赋税，轻徭役，
不扰民，百姓

　　然而，一　　　　　　　　　戈铁马的职业军人。

　　赵匡胤　　　　　　　　　平，在他们夜夜笙歌
十年之后，　　　　　　　　打南唐。

　　974年夏　　　　　　　江，攻打金陵。

　　然而，　　　　　　　乡里。他最恨刀光剑
影，只想沉　　　　　　仿佛这样就可以将城门
外的战火　　　　　　战事，赵匡胤不是吓唬
他，而是要

　　当宋军　　　　　　陵城里依然传出丝竹管
弦、划拳行

　　真是个醉生梦死的君主。这样的君主不亡国，还能有谁？

　　次年十一月，金陵沦陷。他，唯有落泪：

四十年来家国，三千里地山河。凤阁龙楼连霄汉，玉树琼枝作

烟萝，几曾识干戈？

一旦归为臣虏，沈腰潘鬓消磨。最是仓皇辞庙日，教坊犹奏别离歌，垂泪对宫娥。

为保金陵城百姓的平安，他亲率文武，"肉袒降于军门"。

行至中江，回望曾经风花雪月过的金陵城，他再度落泪，赋诗道：

江南江北旧家乡，三十年来梦一场。

吴苑宫闱今冷落，广陵台殿已荒凉。

云笼远岫愁千片，雨打归舟泪万行。

兄弟四人三百口，不堪闲坐细思量。

这世间，自古只有真刀真枪可成霸业，哪有诗词歌赋可以救国？叹只叹，他生在了帝王家，白白糟践了这绝代文采。

彼时，小周后依旧是他的影子。于落难时，她始终与他执手相看，彼此温暖着彼此。

她陪着他，一路颠沛流离，直到陌生的开封。

她是真的爱他，无论他是荣华富贵，还是落魄不堪。

她爱的，始终是他这个人。

尾语

　　那一年，元宵节刚过，他带着她以及一众臣子、眷属，身着素衣，跪在了开封的明德楼下。

　　赵匡胤没有对他们大开杀戒，而是居高临下地给了他一个"违命侯"的屈辱称谓。

　　只是，如果赵匡胤后来没有死得那么早，如果李煜不整日思念故国，如果小周后不那么美艳绝伦，如果继任者赵光义不那么无耻卑劣……或许，他和她后来的日子会太平些。

　　然而，历史没有假设，被罢黜的君王往往连苟活的机会都没有，只有一条路可走，那就是死。

　　那一年的深冬，赵匡胤在"烛光斧影"中离奇死去，李煜和小周后的命运就此跌入更凄惨的深渊。

继任者宋太宗赵光义早就对小周后垂涎三尺，对李煜恨之入骨。

正月十五雪打灯的那一天到来，她的劫难开始。按规矩，这一天她必须随朝廷命妇们一起进宫拜贺。结果，其他人都回来了，只有她被无端地留在了后宫，这虽不合规矩，但权力胜过一切。当晚，她就被赵光义强行临幸了。

见她未归，李煜心急如焚，各方打探，很快就明白发生了什么事，但此时他手中的权力早已如烟云般消散，他隔着城墙仿佛都能听到她凄楚的哭泣，但他无能为力，只能一天一天地等她归来。半个月之后，她才被一顶轿子抬了回来。

泪水模糊了她的脸，她没有抬头看他，而是径直跑进卧室，扑倒在床上放声大哭起来……

所有的屈辱、悲愤、羞愧、恼怒……瞬间在他心里翻滚如潮涌。然而，一个亡国之君三千里山河尽失，又如何能保护得了他心爱的女人？

尘归尘，土归土，从今以后，欲哭无泪的苦，只能自我吞咽。这是他和她的宿命，无处可逃。

往后的日子里，她一直活在赵光义的魔爪之下。而他，则活在痛苦的深渊里。

四十二岁生日那天，他写下了一阕凄绝的词《虞美人》，为她，也为自己：

> 春花秋月何时了，往事知多少。
>
> 小楼昨夜又东风，故国不堪回首月明中。
>
> 雕栏玉砌应犹在，只是朱颜改。
>
> 问君能有几多愁，恰似一江春水向东流。

他的愁苦，他的眷恋，他的亡国之痛，都化开了，化入东风，化入江水。

多年后，当后世之人在清风明月之夜凭栏远眺时，都会情不自禁地想起他这阕词和他这个伤怀之人。

忘了是谁说过："只有流过血的手指才能弹出千古绝唱。"只是，他这首千古绝唱却给他招来了杀身之祸。

赵光义正愁找不到一个好的借口将他除掉，如今见他怀念故国，便强加他一个心怀灭国之恨的罪名，决定诛杀他。

在他生日这一天，赵光义派人赐他一杯御酒，酒里掺了致命的牵机药。他明知酒里有毒，还是一饮而尽。在毒性发作最痛苦的时候，他最割舍不下的只有一个人，就是她。

他望着她，眼中满含泪水，深情而绝望，最后死在了她的怀里。

自此，这世间只剩下她一人。

曾经的灯红酒绿、轻歌曼舞，都成了过眼云烟。她的时代已经过去。那个最爱她的人，那个于江南烟雨里曾给过她最幸福时刻的人，已然离去。她的世界，从此成为一座孤岛。

不久，她自缢殉情，香消玉殒。年仅二十八岁，恰与姐姐大周后病逝之时同龄。

这世间再无他们的恩爱缠绵。然而，隔了千年之后，那平平仄仄、悠扬哀婉的歌声依然回荡不绝：

林花谢了春红，太匆匆。

无奈朝来寒雨晚来风。

胭脂泪，留人醉，几时重？

自是人生长恨水长东。

第七卷

王弗 与 苏轼

十年生死两茫茫

红　尘　相　遇　.　一　念　一　生

在他爱的一生里，他或许爱得不那么专，

她之后，有王闰之，还有朝云。

然而，在她的姓氏里，却有他一辈子的牵挂。

他，始终记得她"小轩窗，正梳妆"的模样，

亦始终对她"不思量，自难忘"！

零·不思量，自难忘

　　他，在她逝去十年之后，写下了那首流传千古的悼亡词《江城子·乙卯正月二十日夜记梦》："十年生死两茫茫，不思量，自难忘……"

　　那一年，是他与继配王闰之结婚第七年，原配逝去第十年，他写下了如此深情的字句。

　　许多人都以为续弦的他是个薄情之人，早已将她忘怀。其实不然，她去世后，他将她的灵柩送回四川故里，并在此整整守了三年。在这三年里，他没有为她作一首诗，也没有为她填一阕词，却在家族坟茔的山上请人和他一起为她种了三万棵松柏苗。

　　每一抔土里，都藏着他对她深深的思念；每一枝青翠里，都长出他长长的思念。

他虽不说，但始终把她放在心里，始终记得她小轩窗下梳妆的模样。

所以，在她去世的第十个年头，他写下了如此深情的一阕词。

十年以来，生死相隔。你长眠于故里的山岗，我四处漂泊；梦境中常常见到你对镜梳妆的模样，尘世里的我却被消磨得两鬓如霜。

只是，不思量，自难忘！

他记得他们的初识，记得他们相濡以沫的陪伴，更记得她的温婉贤惠。

他们步入婚姻时，他十九岁，她十六岁。

她聪敏沉静，又知书达礼。成亲时，她从未说过自己读过书，却在婚后每每当他读书时，都陪伴在他左右，寸步不离；当他偶有遗忘时，她便从旁巧妙提醒。但当他欲与她深入探讨之时，她却又说自己并不精通，刚才那句只是赶巧。巧慧如她，深知如何照顾他的颜面。

婚后的他们恩爱有加。

善解人意若她，勤劳贤惠如她，担得起家庭的重任。在他们婚后第三年，苏家的男子都去追求诗和远方了，家中只剩下她、婆婆及苏辙的新婚妻子。作为长媳，她毫无怨言地肩负起家庭的重担。直到三年后婆婆病故，苏家三个男人从京城赶回，其间多半是她一人默默支撑操持。

有妻精明能干如此，他感激莫名，庆幸万分。

他曾自称"眼前见天下无一个不好人"，又说"余性不慎言语，与人无亲疏，辄输写肺腑。有所不尽，如茹物不下，必吐之乃已，而人或记疏以为怨咎……"。

他说自己是个心思单纯又粗枝大叶的人，一直活在诗意里，从未觉得世间凶险、人情险恶。她的安静谨慎与他的生性豁达正好互补。

《东坡逸事》里有"幕后听言"的故事，如此记载：东坡每有客来，她总是躲在屏风后静听，判断每位客人的性格，而后提醒他与不同性格的人交往时要因人而异。

相较而言，她比他更食人间烟火。尤其是在凤翔那段时间，她曾送给他三句话，让他如获至宝，大致意思是：天下有贼；言多必失；君子之交淡如水。

如此贴心的她，怎能不让他深爱？这爱，无关容颜，无关夫妻名义，只因心有灵犀。所以，他才会对她如此不舍，一生将她铭记于心。

他多想与她举案齐眉，直到终老。只是，命运总是不如人愿。

在他们相爱的第十一个年头，她因病去世。从此，他的世界如同冰冷的寒冬。没有了她，空气中都悬浮着悲伤。

然而，生活终究要继续，还有年幼的孩子要抚养。于是，在她走后，他娶了与她姓氏相同的女子——她的堂妹王闰之。

有人说，这是他在延续自己对她的爱。没错，后来的朝云也是。她们的姓氏都是"王"。

这应是他对她最深的爱。

壹 · 欢颜

那一年，他十九岁，迎娶了十六岁的王弗。

没有眼波流转的爱意缠绵，亦没有海枯石烂的誓言，他们只是遵奉父母之命、媒妁之言。

彼时，他因年少才高而被进士王方选为乘龙快婿。

据说，王方邀约一帮好友在中岩寺相聚，当时在中岩下寺丹岩赤壁下，有绿水一泓，澄清见底，鱼儿集聚。只需临池拍手，它们即如同受到召唤般纷纷游来。王方见状，便欣喜地让大家为清泉题名。众人皆搔首沉思，唯有一少年上前挥毫而就，写下"唤鱼池"三个字。

王方当下就对这位少年刮目相看。

后来，王方知他乃是苏洵苏老泉的爱子苏轼，便欲将自己的女儿王弗许配给他。于是，请人来做了媒。

他们因此喜结连理。

新婚宴尔，她娇羞如花，映着春阳绽放满室的绚烂。从此，他的心就如沐浴了清澈的露珠，潮湿而温暖。这是十九年来他从未有过的感受，从此，他只觉得每日都充满美好。

诚如是。人的情感就是这样，总有人先入为主。

在纯洁如初的岁月，如果有那么一个人曾经进入你的生命，而后即便千帆过尽，那个最早闯入你爱情世界中的人，在你心中始终根深蒂固，痴缠如藤蔓，无人可以取代。

王弗之于苏轼，即是如此。

她是让他初尝爱情的人，亦让他感受到这世间婚姻的幸福美满，更让他体会到人间烟火如此让人心醉。

那时，他还不知道她也读过书，有几次他背书不畅，总在某几个关键字处卡住，这时陪伴在他身边、正做女红的她便会轻声提示，并且准确无误。他这才恍然知道，原来她熟读诗书，内心不禁惊喜万分。毕竟，那时"女子无才便是德"的理念颇深，能读书的女子不多，能与他这般契合的女子更是求之不得。

这样敏慧而娴静的妻子，自然令他无比欢喜。

王弗幼承庭训、颇通诗书，可谓是他的至交好友。他为人豁达、不拘小节，眼前见天下无一个不好人，所以经常在与人交谈时会因无心之失得罪人。为此，王弗便常立于屏风之后悄然倾听，待客人走后，她每每都会软语分析客人的性情，说得无不在理，让他钦佩不已。

许多人都说，他娶了她是娶到了真正的贤妻。他早年间能青云直上，除了欧阳修等先贤的掖助之外，她"妻贤夫少祸"的力量也不可小觑。连他的父亲苏洵都对她极为满意。

他与她的岁月，全是欢颜，始终美不胜收。

贰·别离

只是，生命的底色很容易生出灰暗。

他同父亲、弟弟一起进京参加科考，他和她不得不作别。他一心科考，她则肩负家里一切重担。次年，即嘉祐二年（1057年），苏轼考中进士。这时，他的母亲程氏去世，三人回乡奔丧。

守丧期满后，他们父子三人再次离蜀赴京。因为经历了死别，不想见太多的离别，这一次他将她带着同行。

嘉祐六年（1061年），苏轼任陕西凤翔府判官。她跟随着他，成了他最得力的助手兼军师。

她深知他心无城府，便经常过问他正在处理的公务情况，恐他有误而吃亏，时常叮嘱他："你现在远离亲人，没有人指点，不能不谨慎。"

这是父亲苏洵告诫他的话，被她这样时常提及以警示他。

她端庄持正、不贪不求的心性，也对他起了很大的引导作用。

那一年冬天，雪后的庭院里，一棵老柳树下有一尺见方的地方无积雪。苏轼怀疑下面埋有古人窖藏的丹药，丹药性热，才会导致上方不见积雪。于是，他好奇心起，想要探个究竟。

她马上劝阻他道："要是婆母还在，她一定不允许发掘的。"

听她这么一说，他惭愧万分，但心底暖意融融，因为有此贤妻在身边，自己便不会轻易犯错。

然而，他们相伴的日子太过短暂，仅十一年便匆匆了结。治平二年（1065年），她不幸病故。彼时，她才二十七岁的年纪。

这猝不及防的变故，让他如坠深渊，心口流血，痛得难以呼吸。

他含泪写下《亡妻王氏墓志铭》："呜呼哀哉！余永无所依怙。"

人都说，结发夫妻的情意是人世间至深至重的一种感情。如果人有前世今生的话，每一对结发夫妻都是经由几生几世修来的福，才能修得同床共枕眠。

这生离死别让他情何以堪！

起初，他悲痛得不能言语，虽然才情满满却无法用任何字句来表达，唯有将她的灵柩带回故里，把她安葬在故土的山坡之上，然后默默地守护三年，请人和自己一起种下了三万棵松柏苗，以伴青冢。

他对她的牵挂，已经深入了骨髓。

他与她相伴十一年，在她去世后又将她紧紧揣在心口十年，直到那一年他在经历山东密州"蝗旱相仍，盗贼渐炽"的劫难时，想起她曾经的良言，终没能忍住对她的思念，于是挥笔写下那一首千古悼亡词《江城子·乙卯正月二十日夜记梦》。

"十年生死两茫茫，不思量，自难忘"，是怎样道不尽的思念，让这阕词读来满心恻然，却又无比柔软。

叁 · 延续

　　她离开后的第四个年头，他续娶了。

　　续娶的女子身上有她的影子，亦有她的姓氏——王，叫闰之。

　　闰之是她的堂妹，与她一样性格温顺、温柔贤惠。

　　他娶闰之，并非任意为之。彼时，他与发妻王弗的儿子苏迈还很年幼，稚子丧母本就可怜至极，若是将他交付于一个陌生女子手里，他不放心。所以，他娶了与王弗同样秉性且与王弗血脉相亲的女子。

　　王闰之不负他望，"妇职既修，母仪甚敦，三子如一，爱出于天"，将她所有的爱给了他和他这个家。

　　闰之小他十一岁，自小目睹他和堂姐的恩爱，对他早有仰慕之心，因而，嫁给他也算是幸事，亦让她觉得心安。她知道，他这样的男子足以托付一生。而她待他，一如堂姐一般，给他以人生和官场上的全心辅助。

她第一次被他在诗文中提及，就是以贤妻的身份出现。

她陪伴他的二十五年，也是他生命中最重要最颠沛流离的二十五年。在这二十五年里，他宦海沉浮，几度升降，然而，她始终默默地陪在他的身边，给他最贴心的照顾和安慰。

只是，她也未能陪他终老。

在他有一次被罢黜之时，她也像她的堂姐一样遽然病故。

这一年，他五十六岁。这一次，他不再续弦，只留朝云在身边。

朝云是一位歌扇舞衫的女子。他与她相遇于西湖。彼时，他被贬杭州通判，闲暇时游山玩水，在某一日宴饮时，遇见了她。

那时，她十二岁，仿佛他前世见过的女子，他看得入了神。他是谦谦君子，不敢启齿，怕轻薄了她。同行的友人看出了端倪，于是让他赋诗。他脱口而出的便是那首后世广为流传的《饮湖上初晴后雨》：

水光潋滟晴方好，山色空蒙雨亦奇。
欲把西湖比西子，淡妆浓抹总相宜。

友人们听出了其中的深意，一顿起哄间早有人暗中帮他赎下朝云，送到了他的府上。

初时，闰之还在，对朝云亦好，同他一起教她识文解字。后来，朝云成了一个诗词歌赋皆会的"如夫人"。

闰之去世之后，朝云无名无分地伺候在他身边。他被贬往蛮荒之地的惠州，彼时身边的众多侍女见他已近花甲，难以再有起复之势，便纷纷离散，只有她留在他身边，始终不离不弃。

他对她感激不尽，虽然不曾说过一言一语，却在她病亡后，再不听她最爱唱的《蝶恋花》了，不是不愿意听，而是一听便伤心欲绝。

她十二岁进门便随侍他左右，无论他得意时还是失意时，无论他荣华时还是贫穷时都不曾离开过，如此生死相随，让他这性情中人如何不铭记于心？

朝云去世后，他亲自将她葬于惠州西湖，并筑起"六如亭"常伴于她。

朝云在他身边二十年，起初一直以侍女的身份伴他左右，直到闰之去世后，她才被正式纳为侍妾。可惜，命运太过残忍，给他们真正耳鬓厮磨的时间只有三年。

玉骨那愁瘴雾，冰姿自有仙风。海仙时遣探芳丛。倒挂绿毛幺凤。

　　素面翻嫌粉涴，洗妆不褪唇红。高情已逐晓云空，不与梨花同梦。

——《西江月·梅花》

　　这是他为她写下的词。在他心里，她始终是他的那枝梅花，爱过梅花之后，梨花再不会入眼。

　　她的姓氏里也有"王"，不过这一次不是巧合，而是他刻意为之。她因沦落风尘而未曾有过自己的姓氏。于是，他便以王弗的姓氏赐之。

　　从此，她便叫王朝云。

　　于他而言，王朝云和王闰之是王弗的延续，先后陪伴他左右，皆绚烂恣意。

　　只是，她们离去之后，他心底永远只有那一个女子——王弗。

尾语

　　"爱情或友情，凡涉及灵魂的事情，到最后只落得小私，不是你就是我，纠缠于两个人之间。像尘世的欢愉，一个人总嫌寂寞孤单，当然两个人最好……"

　　"阔大纵深的东西总是离着人心远，到最后，大概只剩一个人在心里。"

　　一直记得作家雪小禅的这两段文字。写苏轼和王弗的时候，这两段文字一直萦绕在心中，想苏轼遇到过那么多女子，到最后一直在他心头的仍只是她。

　　王闰之也好，王朝云也罢，她们的身上始终藏着一个影子——王弗。

　　诚如胡兰成所说，"人世是可以这样的浮花浪蕊都尽，唯是性命相知"，他虽未做到从一而终，然而爱得够深。苏轼在那一个王姓里，始终寄托着他一辈子的思念。

　　想起她的每一刻，他都仿佛回到了曾经和她朝夕相处的日子。

第八卷

李清照 与 赵明诚

征鸿过尽，万千心事难寄

"花自飘零水自流。一种相思，两处闲愁。此情无计可消除，才下眉头，却上心头。"

这是她给他写过的缠绵的情话。

他们曾于一眼万年的浪漫初见里成就一段佳缘。

青州十年，赌书消得泼茶香，全都是岁月静好。只是，那是个乱世，金国铁骑踏碎了汴京，一片兵荒马乱里，他们有了别离。"莫道不消魂，帘卷西风，人比黄花瘦"是她对他最深的思念。

终究，他还是先她而去。

乱世浮萍里，颠沛流离的岁月里，唯有他们曾经的琴瑟和鸣可给她安慰。

零·窈窕淑女，琴瑟友之

她与他相逢，如同宿命。冥冥之中，早已注定。

那一年，她十八岁，他二十一岁，大她三岁。彼时，她早以一首《如梦令》名动京城，而他是个喜欢研究金石的太学生。

他们在相国寺偶然相遇，彼此生了爱慕之心。

据说，那时春风正浓，桃之夭夭，一切美好得如同童话。他早已仰慕她多时，对她的一词一句都爱到了骨子里，而她也被他身上难得的儒雅气息吸引。像他这样的富家子弟，多见的是纨绔习气，而他却是个例外。

她的那句"和羞走。倚门回首，却把青梅嗅"，面对的对象应当就是他。她那颗幼小懵懂的心早已飘飞到了他的身上。

那时，两情相悦尚不足以名正言顺，还需要父母之命、媒妁之言。他一心想娶她为妻，又不好直接开口，于是心生一计，向父亲暗示道：昨晚做了一个梦，梦到了一本书，只记住了书中所写的三句话——"言与司合，安上已脱，芝芙草拔"，不知何意。

时任吏部侍郎的父亲素来机敏过人，自然猜中了这谜底——"词女之夫"。"言与司合"，即"词"字；"安上已脱"，则是"女"字；"芝芙草拔"，便是"之夫"二字。此年，汴京城里能与儿子条件相匹配的"词女"便只有李清照一人。

于是，父亲便去她家提亲。

一个是礼部员外郎的女儿，一个是吏部侍郎的儿子，在当时也是门第相当的一对璧人。二人遂结为连理。

他们婚后的生活可谓琴瑟和鸣，唱和不绝，羡煞世人。

他们在一起，既是彼此的诗朋酒友，又是彼此的知己知交。

他，酷爱金石；她，恰巧对此颇有研究，亦有些见解。于是，在清闲优渥的生活里，他们便醉心于此。他们常常结伴去庙会淘一些喜欢的古玩字画。不外出的日子里，他们也有好的消遣，煮一壶好茶，坐在偌大的书房里，一边品茗，一边赏玩诗画。雅致渐浓时，还会任意念上一句诗词，让对方指出出处，哪本书的第几页第几行，说对了的人就能先品茗。"赌书斗茶"的雅事流传后世，便缘于此。后来的后来，纳兰容若曾写过"赌书消得泼茶香，当时只道是寻常"，典故就出自他们二人的逸事。

这世间少有几对夫妻可以做到如此情投意合。或许，最好的夫妻相处便是这般你唱我和。

所以，沉浸在爱情里的她才能写出如此词作：

卖花担上，买得一枝春欲放。泪染轻匀，犹带彤霞晓露痕。

怕郎猜道，奴面不如花面好。云鬓斜簪，徒要教郎比并看。

——《减字木兰花》

一句"云鬓斜簪，徒要教郎比并看"，她那颗因爱宠而自信满满的心溢于言表，字句间含蓄地流露出的全是她的幸福与愉悦。

不过，再怎么甜蜜的爱情里，也会有伤怀的时候，尤其是夫妻分开之时。

他因事离家的日子里，她便因思念填满心房而极为伤感愁苦。比如她寄给赵明诚的那首《醉花阴》，便诉说了她的柔肠寸断：

薄雾浓云愁永昼，瑞脑消金兽。佳节又重阳，玉枕纱厨，半夜凉初透。

东篱把酒黄昏后，有暗香盈袖。莫道不消魂，帘卷西风，人比黄花瘦。

　　彼时正值重阳，西风凄凉，后花园的菊花全都被吹开了，她对他的思念丛生。"莫道不消魂，帘卷西风，人比黄花瘦"，应是女子描述思念的最高境界。

　　只是，或许是她的前半生太幸福了，上天到底是嫉妒了。

　　在他们结婚近三十年后，他在赴任的路上不幸去世。她就此失去了挚爱的夫君，也失去了一生的依靠。从此，颠沛流离的生活开始纳入她的后半生。

　　然而，乱世浮萍里，那些国仇家恨里，那些飘零凄凉里，我们只愿记得他们二人的琴瑟和鸣，诚如《诗经》所写的："参差荇菜，左右采之。窈窕淑女，琴瑟友之。"

　　他们永远是"窈窕淑女，琴瑟友之"的最佳典范。

壹·初逢之时，春风正浓

宋神宗元丰七年（1084年），风光潋滟的大明湖畔，她出生于一个书香门第。

父亲李格非是文学名流，精通经史，长于散文，备受文坛盟主苏轼赏识。进士出身的他，官至礼部员外郎。母亲王氏也出身不凡，乃宰相、岐国公王珪的长女，知书能文。在如此书香浓郁的家风熏陶下，小小年纪的她便文采斐然，常常出口成章。

很快，她就名动京城。她的诸多词作脍炙人口，常被人评赏，大家皆惊叹她的才情卓绝，她的名声愈来愈大。宋代的文坛上，亦有她的一席之地。

她气质高贵，才情绝艳，加之秀外慧中，在她十六七岁时，提亲的人便踏破了门槛。然而，她并未像其他大家闺秀那样，听从父母的安排，嫁一富足夫家，过着饱食终日、无所事事的生活。这样的人生注定与她不合拍。她的才学与见识，让她不甘平凡，她渴念的是一个可以与自己惺惺相惜、志趣相投的人，如此才可以称之为人生伴侣。

所以，她才有了这首春心荡漾的《点绛唇》：

蹴罢秋千，起来慵整纤纤手。露浓花瘦，薄汗轻衣透。
见有人来，袜刬金钗溜。和羞走。倚门回首，却把青梅嗅。

在这样的字句里，她将自己悸动的心诠释得淋漓尽致：一个"慵"字，将一个蹴罢秋千、情窦初开的少女纯洁烂漫的嬉戏模样生动地表现了出来，而此时一个风流倜傥的男子经过，让她不由得春心荡漾，羞赧地匆忙转身时却仍忍不住倚门回首，为了"眼波才动被人猜"的那份企盼，再嗅一嗅青梅的香气。其实，这是醉翁之意不在酒，她只是为了吸引那个男子的注意。

她的小小心思，父亲是有所察觉的。女儿若能觅得一个情投意合的人，也是他的欣慰，所以他并未在她该出嫁的年纪给她压力，亦未从那些官宦人家里挑选一人，只想尊重女儿的想法。

对于爱情，上天是眷顾她的。

那一年的阳春三月，草长莺飞，春风和煦，他款款而来。

他早就被她的才情深深迷醉，此番更是对她一见倾心，就此生了今生非她不娶的意愿。而她，亦被他的气度不凡、意气风发所吸引。他不像她见过的那些富家子弟，不轻浮也不虚荣，因喜爱文学，身上更多的是文气。

这是青春懵懂的她内心渴慕已久的男子。

他们都在对的时间里遇见了对的人，一见钟情便生发了一段情缘。

于是，便有了赵明诚对其父说梦的佳话，说梦中所看的书上有"言与司合，安上已脱，芝芙草拔"三句，让父亲为其解梦。父亲知晓他的心思，于是为他张罗婚事。

那是个讲究门当户对的年代，男女婚姻大事无论如何都绕不开身份、地位。若是门不当户不对，哪怕爱得死去活来，也无济于事。

彼时，赵明诚之父赵挺之为当朝吏部侍郎，官居三品；李清照之父李格非，作为礼部员外郎，虽不及赵挺之的官品高，但担任的也是朝廷要职，两家缔结姻缘倒也般配。最重要的，还是他们二人的相互倾慕，以及李清照的才情。对她的才情，赵挺之亦是青睐有加。

就这样，十八岁的李清照嫁给了二十一岁的赵明诚，一对璧人就此结为连理。

至此，世间便一直流传着她和他的佳话，让人沉醉。一如她那首《如梦令》：

常记溪亭日暮，沉醉不知归路。
兴尽晚回舟，误入藕花深处。
争渡，争渡，惊起一滩鸥鹭。

依稀里，我们从这欢快的字句间看到她泛舟荷塘的画面，一片美好。

贰·赌书消得泼茶香

二人如此情投意合，婚后的生活自是美好。

因为政权跌宕、官场倾轧，他们便回到了山东青州。在青州，由于远离官场上的纷争，他们相依相伴，度过了一段宁静美好的岁月。

他们都喜欢收集名人古画和古董漆器，于是常常一起四处搜求寻访，且乐不思蜀。后来，她曾写道："有饭蔬衣练，穷遐方绝域，尽天下古文奇字之志。"用心记录了这段快乐的时日。

不久，家中的名人古画、器皿物什越来越多，而家中的银两却越来越少。

尽管如此，他们还是乐此不疲，"食去重肉，衣去重彩，首无明珠翡翠之饰，室无涂金刺绣之具"，还专门给一间藏着金石的书斋取了个极好听的名字——"归来堂"。

这种趣性，也只有他们这样的人才有。

对于那时的光景，看她后来在《金石录》后序中写的文字便可了然："每获一书，即同共勘校，整集签题，得书画彝鼎，亦摩玩舒卷，指摘疵病，夜尽一烛为率。故能纸札精致，字画完整，冠诸收书家。"

其实，那时他们也很清贫。有一次，他们刚刚把三个月的积蓄拿来买了书法家王羲之的墨迹，没承想，又有人特地过来向他们出售南唐著名画家徐熙的《牡丹图》，价格极为高昂。千姿百态的牡丹图，诚如宋高宗的吴皇后所说，"吉祥亭下万年枝，看尽将开欲落时"，其生动娇艳对他们来说无疑是致命的诱惑。他们极想把它买下来，无奈实在囊中羞涩。

她站在一旁，看出了他的心思。她盘算着家里的一桌一物、手头的金钗玉镯，即使全都变卖了也买不起这幅画，所以这一次委实不能如愿。

他也明白她的烦忧，于是强笑着说不买了，金石字画再好，也不可折了夫人的笑。

婚姻里，理解极为难得。所幸，他们能互相理解，互相为对方着想，这才是维持婚姻之道。

除了收集金石字画的癖好，他们的"赌书泼茶"同样被广为传诵，千百年来感动着许多人。

有时新得一本书，为了记住书中的内容，两人便玩起游戏：煮一壶好茶，约定看谁可以准确地说出书中的内容，若能说出就可以先饮一杯。

有时在饭后，他们来到书房，坐于桌前，然后指着书柜里的一堆书，问对方某典故出自书中的哪一卷哪一页哪一行，答对的人便可以先饮茶。

结果常常是她先饮。而他会在她端起茶杯饮用时故意讲一个笑话，她往往会忍不住笑出来，茶水一时喷洒满地，空气中则留下满室茶香。

这些逸事，她也曾记录于《金石录》后序中：

"余性偶强记，每饭罢，坐归来堂烹茶，指堆积书史，言某事在某书某卷第几页第几行，以中否角胜负，为饮茶先后。中即举杯大笑，至茶倾覆怀中，反不得饮而起。甘心老是乡矣！"

如此情深意笃的二人，自是甜蜜无比。然而，还是有分别之日。

比如，那首情意绵绵的《一剪梅》，便写于他游学之际：

红藕香残玉簟秋，轻解罗裳，独上兰舟。

云中谁寄锦书来？雁字回时，月满西楼。

花自飘零水自流。一种相思，两处闲愁。

此情无计可消除。才下眉头，却上心头。

没有他在身边陪伴的日子，在她的心里满是寂寥孤独。

此时，恰逢荷花凋零、香气尽殒的深秋，在空寂的屋子中只觉竹席冰凉入骨，她轻轻脱下夏季的薄纱罗裙，换上温暖的秋装，独自泛舟于江河之上。忧伤袭上心头，仰头凝望天空，不知那云卷云舒处可有谁寄锦书来。南归的大雁，正排成一行行"人"字从头顶飞过，皎洁的月光亦洒满那西边的楼阁。

花，自飘零；水，自流。这是自然规律，却让人想起你我的相思，相隔两地的你我，共享的是一种离别，牵动的却是两处的闲愁。而这闲愁里的相思，是如此无法排遣，刚刚从我微蹙的眉间消失，又隐约缠绕到我的心头。

而今，你不在我身边，这一腔情意无处诉说，只能寄托在这词间。

他为了仕途而远走他乡，她便为他思念成疾，夜夜倚窗怅望。重阳时，更甚。于是，赋词一阕寄给他，一表相思。

他品读了这阕词，连连自叹不如，可是又心有不甘，于是挥毫泼墨三天三夜，终于写了五十阕词，于是满怀激动地拿给友人陆德夫品评，陆德夫再三品读后，从洋洋洒洒的词里挑出三句评为最佳。

他迫切询问是哪三句。

"莫道不消魂，帘卷西风，人比黄花瘦。"陆德夫回道。

这三句，正是她在纱帐中夜半惊醒时，因深切思念他所作。

只有真心相对，才会有如此刻骨的思念吧!

所以，千百年来，爱情中的男女写起情话来最能打动人心，让人心生无限共鸣。

叁·寻寻觅觅，一片冷冷清清

青州十年，应是他们最快乐的时光，也是李清照一生最美好的时光。

只是，随着日久天长，他们之间不似原先那么情深意浓了。虽然，她依旧为他倾尽全心，然而他却愈发地郁郁寡欢。

才情的逊色，加上仕途的不顺，都让他不快，他渐渐变得无趣而缺乏温情。又或许，日夜相对二十余载，即使她的容颜再如何清丽，他也慢慢倦了。他毕竟只是个凡夫俗子，也有着凉薄的一面。

他在莱州就任期间开始蓄养侍妾歌姬，对李清照日益冷淡疏离。他们相濡以沫的婚姻开始出现了令人心惊的裂痕。

宋高宗建炎三年（1129年），已经做了一年多江宁知府的赵明诚，得到调任湖州知府的命令，于是准备办理交接手续。谁知，有一日，属下带来了紧急情报：御营统制官王亦阴谋叛乱。

按理，他这个过渡官员应向上级报告此事。他却不然，而是缒城而逃，不仅置全城百姓安危于不顾，连妻子李清照也弃之不顾。这成了他们之间产生裂痕的真正导火索。夫妻多年，到此时她才真正看到他内里的怯懦，对他失望至极，以至于后来路过江东时，她感慨万千，脱口而出：

生当作人杰，死亦为鬼雄。
至今思项羽，不肯过江东。

项羽的悲壮，更反衬出赵明诚的懦弱。不过，她是个涵养极深的女子，尽管对他已经十分失望，但是对他的情意依然如故。

然而，上天并不眷顾此刻无助的她。

不久，赵明诚于郁郁寡欢里一蹶不振，很快因急病发作而亡。她和他这段近三十年的姻缘至此画下了句点。

尽管，中年的他们不像过去那般你侬我侬，但是因为有他在身边，她的心里仍存有温暖。而如今，他先她而去，于她，这世间只剩孤绝一片。诚如她在《声声慢》中所写：

寻寻觅觅，冷冷清清，凄凄惨惨戚戚。乍暖还寒时候，最难将息。三杯两盏淡酒，怎敌他、晚来风急？雁过也，正伤心，却是旧时相识。

满地黄花堆积。憔悴损，如今有谁堪摘？守着窗儿，独自怎生得黑？梧桐更兼细雨，到黄昏、点点滴滴。这次第，怎一个愁字了得？

这凄惨孤独的人间，任她再怎么寻寻觅觅，仍是一片冷冷清清。她一向无比爱花惜花，曾经在经过一夜雨疏风骤的第二天早上，因担心花被风吹雨打而凋落，起来的第一件事就是问侍女："海棠是否依旧？"

而如今，她却见花自怜了。

满地凋零的黄花，无人欣赏，只有她独自一人看雨打黄昏，点点滴滴到天明。

这样一个孤独的世界，怎一个"愁"字可以形容？

事已如此，她未能随他而去，唯有自我安慰。于是，形影相吊的她开始在"归来堂"里消磨时日，或研究金石，或续写他未完成的《金石录》。

她的世界，就此寂寞无声，再也没有欢声笑语。她极为偏爱五柳先生的《归去来兮辞》，尤其是"倚南窗以寄傲，审容膝之易安"，于是，她给自己的住处取名"易安室"，给自己取号"易安居士"。

从此，世人长念李易安。

尾语

千百年来，唯有一位女子以词冠绝古今，被称为"婉约词宗"，便是她。

只是，上苍既给了她才情万千，却又忍心给了她一个晚景凄凉的境地。

或许，是为了苦其心志。前半生的和顺圆满，已是恩赐；后半生的愁苦孤独，也不得不尝。或许，酸甜苦辣尽有，才是人生。

当别人元宵佳节赏灯之时，她吟诵出伤怀的《永遇乐·元宵》。

落日熔金，暮云合璧，人在何处？染柳烟浓，吹梅笛怨，春意知几许！元宵佳节，融和天气，次第岂无风雨？来相召，香车宝马，谢他酒朋诗侣。

中州盛日，闺门多暇，记得偏重三五。铺翠冠儿，捻金雪柳，簇带争济楚。如今憔悴，风鬟霜鬓，怕见夜间出去。不如向、帘儿底下，听人笑语。

历史变迁、人世沧桑里，隔着一帘幽梦，她仿佛回到了故乡；然而只是恍然一梦，轻歌曼舞之夜，她唯有独自落泪、神伤、断肠。

她终于明白，这人世间的生离死别，才是千刀万剐的凌迟。

身边若是没有真爱，即使火树银花再怎么明晃晃地炫目，也无法照进她的内心，诚如她写的"征鸿过尽，万千心事难寄"。

红尘相遇，
一念一生

第九卷

唐婉 与 陆游

山盟虽在，锦书难托

红　尘　相　遇　．　一　念　一　生

　　爱，在那个年代，为了忠孝，有了割舍，成了牺牲。

　　这应是他一生最柔软的痛，直到暮年，仍念念不忘。

　　为了免他于两难，她选择了离开，却为此赔上了性命。

　　为了不能忘却的爱，他们成了彼此的劫，但始终不改初心。

　　他们谱写了千古绝唱《钗头凤》，零落成泥碾作尘，只有爱
始终如故。

零·人成各，今非昨

最初，他们一个郎才，一个女貌，堪称珠联璧合的才子佳人，羡煞世人。他们伉俪情深、琴瑟和鸣，更是写下大量情诗。缠绵的字句间，都是幸福的模样。

暮春三月，驿外断桥，一位男子一袭飘逸长衫，一位女子款款相伴。

男子叫陆游，女子叫唐婉。

唐婉怀抱瑶琴，奏曲一首，擎酒一杯，引陆游万千慨叹。

春寒料峭时，花易凋落，人易伤怀。歌舞升平的朝廷，即便偏安一隅，也可听闻堕落之风。心怀大志的陆游，虽欲恢复中原，却因生性耿直而屡遭排挤，仕途受挫。所幸，有佳人相伴，他那颗怅然之心才不至于无处安放。

一个男子的生命中，若能得到一位知心的红颜，夫复何求。更何况，陆游还是个有抱负的男子，得一体恤的知己为妻更是无比庆幸。

只是，情愫痴缠有时也抵不过忠孝两全。爱情在那时总显得苍白，陆游亦难逃世俗礼法的羁绊。

或因为唐婉不育，或因为两人太过恩爱，陆老夫人渐渐心生不满，而且眼见陆游的前程停滞不前，便以"七出"之罪逼迫陆游休妻。

陆游自然万分不舍，他和唐婉两情相悦的爱情在"父母之命，媒妁之言"的当时更是难得，所以他偷偷地将她暂时安置于外宅的小红楼处，算是金屋藏娇。之后的日子里，两人依然恩爱如初。然而，好景不长，此事还是被陆老夫人发现，他和她终于劳燕分飞。

陆游那一封锦书里写的"重圆有日，待我三年"，也被陆老夫人暗中无情地改成"待我百年"。唐婉读罢，就此绝望，以为他故意与她断绝情爱，于是便依从父命改嫁了赵士程。

他以为她会等他三年，谁知再回头时，他们之间早就隔了万水千山。她成了他人之妻。

陆老夫人就此棒打了一对鸳鸯。所谓"梧桐月照惊鸿影，露冷夜寒生"，他们的凄苦只有他们自己知道。

后来，当他在沈园故地重游偶遇了她和她的夫君时，他便遗恨千重地题下了那首《钗头凤》于粉壁：

红酥手，黄縢酒，满城春色宫墙柳。东风恶，欢情薄。一怀愁绪，几年离索。错，错，错！

春如旧，人空瘦，泪痕红浥鲛绡透。桃花落，闲池阁。山盟虽在，锦书难托。莫，莫，莫！

唐婉读罢，泣血相和：

世情薄，人情恶，雨送黄昏花易落。晓风干，泪痕残。欲笺心事，独语斜阑。难，难，难！

人成各，今非昨，病魂常似秋千索。角声寒，夜阑珊。怕人寻问，咽泪装欢。瞒，瞒，瞒！

只是，谁能料到，就是这一阕《钗头凤》引发了唐婉心底深处那份纠缠不休的幽怨。

从此，她变得抑郁寡欢，全然被既生不得爱人，又有何留恋的悲念吞没，直至抑郁而终。

为了忠孝，他牺牲了他和她一生的爱情，这苦痛唯有他自己能体会。

壹 · 情太深，缘太薄

他们的爱情，始于两小无猜。

那时，金人南下，兵荒马乱里，陆家举家逃难。彼时，与陆家交往甚密的是唐家，两家是亲戚，皆有子女，陆家有子叫陆游，唐家有女叫唐婉，年龄相当。唐婉之父，是陆游的娘舅；陆游之母，是唐婉的姑母。

他们开始演绎起"郎骑竹马来，绕床弄青梅。同居长干里，两小无嫌猜"来，从此，他的心里刻下了她的影子，她亦如此。

他们的情缘，就此注定。

随着年龄渐长，他们的心都暗自涌动。二人皆擅诗词，都喜欢在诗文中互诉衷肠。花前月下，总能借由作诗填词来缱绻缠绵。

如此天生的一对璧人，两家大人都看得了然。

那个年代里，互定终身的事还是要经过父母之命、媒妁之言。于是，陆家以一支精美无比的传家凤钗作为信物，订下了这门亲事。

这门亲事可谓亲上加亲，当年这样的姑表亲通婚算得上最好的亲事。

对于情窦初开的二人，这样的亲事也是他们痴缠的爱情最好的注脚。从此，二人径直踏入"夜月一帘幽梦，春风十里柔情"里，如胶似漆。

他们每日谈诗论赋，耳鬓厮磨，不辨今夕何夕。正如她的名"婉"，她温婉端庄，蕙质兰心，让他时刻想放在心头，攥在手心。从此，他忘了功名利禄，更怕为了功名冷落了娇妻。有了她，自己世代望族又如何？谁说世家子弟必须为官？更何况现在时值乱世，有理由得过且过，坚守一份缱绻的爱情。

所以，娶了她之后，他每日只想和她赌书泼茶，相拥而眠，终生厮守。

然而，爱子心切、盼子成龙的陆母，是无法忍受儿子一味沉溺在温柔乡里的。她希望他金榜题名，走向仕途，光耀门楣。况且，结婚两年多来，她还未孕。这在信奉"不孝有三，无后为大"的当时，难免陷于不孝的境地。于是，陆游眼中的宝，成了陆母眼中的刺，她对唐婉生出了深深的恶意和嫌弃。

起初，陆母只是横加干涉，狠狠训斥唐婉。然而，在多次干预无果后，她便专门去庙宇找一位尼姑算了一卦。或许缘分该断于此，那尼姑是个恶人，信口开河告诉陆母，陆游与唐婉八字不合，并且恶毒地说唐婉克夫。本就嫌弃唐婉的陆母一听之下，更是怒不可遏，一回家就命陆游立刻休了她。

那个年代里，子女恪守孝道犹如臣子遵奉圣旨，任他陆游心中再怎么万般不舍爱妻，也无法违抗母命。痛心之余，他不得不在母亲面前休了她。之后，陆游仍然难以割舍，于是悄悄另筑一别院将她安置下来。无数个日夜，他都偷偷前去与她相聚，一解相思之苦。

谁知，这"苟且"的爱竟也成了无法长久延续的奢望。

没过多久，精明的陆母还是发现了这一秘密，便痛下狠心使出"撒手锏"，硬生生地逼迫陆游另娶了王氏为妻，就此斩断了他和唐婉之间缠绵的情丝。

旧时的所谓"父母之命"，往往都是"刽子手"的化身，扼杀了无数姻缘。而所谓的"母爱"，更是残酷到可怕。后世多说陆母有"恋子情结"，或许千真万确，不然她不会如此绝情地将一对璧人活活拆散。因为深爱儿子，所以她无法容忍儿子被另一个女子完全占有，时刻会觉得自己被冷落被遗忘，于是在嫉妒中开出了恶之花。

由此，陆游与唐婉之间那浓得化不开的情缘彻底失去了绵延的可能。

情再深，又如何；缘太薄，便只能了断于此。

贰·情深意浓，然爱已阑珊

闲来读陆游写的"三万里河东入海，五千仞岳上摩天""当年万里觅封侯，匹马戍梁州""夜阑卧听风吹雨，铁马冰河入梦来"等诗句，无不吐露出气概万千，一个慷慨男儿的形象跃然纸上。

然而，在爱情面前，他还是怯懦了。

"上马击狂胡，下马草军书"的诗剑生涯，无法拯救他被孝束缚的爱情，他纵然对她无比深爱，还是不得不亲手写下那一纸"休书"，斩断了和她的姻缘。

不久，他娶了王氏，她也嫁给了赵士程。

其实，赵士程也是个极优秀的男子，皇室贵胄，官职加身，并且未娶。于唐婉，也不可不谓良人。然而，她的心中始终装着他，永远无法忘却。所以，当十年后他回到家乡在沈园偶遇她时，她那颗心哗然碎成一片。

既然，这一世与他有缘无分，为何还要重逢？为何还是会掀起万千波澜？她不解，却无法抑制自己那颗爱他的心。

他，原是为了缅怀和她曾经相恋的地方，没想到竟然在这春风如酒、杨柳轻飘的美好时日里再次遇到她。并且，还看到了她和他十指交缠的恩爱模样。他的心被彻底刺痛了，十年来她一直是他心头的朱砂痣，他没有一天不思念她。然而，现实残酷，十年成忌，那段爱恋早已被掩埋，一切烟消云散。

他痛彻心扉之时，她差人送来一杯黄滕酒。红酥手，就此种成他眼底的泪。

他知道，这一生他们再无情缘可续。自此，他们只能任相思成灾，泛滥于心头。自此，他们虽情意依浓，而爱已阑珊！

于是，他于墙壁上题下那一阕"红酥手，黄滕酒，满城春色宫墙柳"的悲词，昨日欢情已成旧梦，今日再多的痴怨也成徒劳。她，已成故人，与自己再无交集。

然而，他未曾料到的是，一年后，唐婉重游沈园时看见了他题下的这阕词，顿时泪眼朦胧，心似滴血。饮泣良久之后，她在词后和了那一阕"世情薄，人情恶，雨送黄昏花易落"的千古悲歌。

爱已成往事，纵情思无尽，只增难堪。

从此，陆游写的那一首《钗头凤》便镌刻在了她的心头。

对女子而言，爱一个人就像爱自己的生命，失去了爱人便似行尸走肉。久而久之，她因悲痛而抑郁。再不久，抑郁而终。

她，终做了殉情的女子。然而，这对始终爱怜她的赵士程来说，又何尝不是残忍？赵士程这个清雅豁达的男子，心里明明知晓他们的爱恋，在那次相遇时依然大度地让她送给陆游黄滕酒。

只是，"曾经沧海难为水"的痛，即便用多年光阴努力尘封，也没有办法赢过相逢那一刹那的情海奔涌，心里的堤坝瞬间坍塌。

那一阕悲词，要了她的命。

若是没有这次相遇，若是没有这一阕词，或许她和赵士程可以携手到老。但也只是或许，谁知道在多少个夜深人静时，她是如何心如刀割，辗转难眠，生不如死。

或许，痴心红颜多薄命，说的就是她这般。

一生只为爱而生，再多的才情也拯救不了她那颗痴狂的心。

有人说，爱情的最高境界是焚心。既然活着得不到最爱之人，这世间已无可留恋。若死可以换来那一生相思，即便阴阳相隔，还可共念一段情。

或许，唐婉要的就是如此。

叁·和泪啼血的诗与还不完的情债

她的离去，他实未知。

沈园相见之后，他便刻意远走他乡。情场失意，却仕途得意，一路做到了宝华阁侍制。其间虽然对她满怀相思，但写下了大量忧国忧民的诗。这种反差唯有他一人深知，功名富贵如浮云，怎么也抵不上那份幽居于心的情思。

他知道再也没有什么可以拯救他们之间的情缘了。

后世之所以记住他，多半是因为他那些爱国的诗歌，只有他知道，他一生中最好的诗是写给她的。他们在一起的时光短暂如流星，然而情丝缠绵，她用生命祭奠了这段情缘，而他则用一生来思念她。

再游沈园时，他已两鬓斑白。人生天地之间，若白驹过隙，忽然而已。少壮离家，归来时已是"儿童相见不相识"的老翁。

他已六十三岁，离开故乡长达几十年之久。也就在此时，他才看到了她的和词。

离愁别恨瞬间将他击中。过往的回忆，就那样一幕幕地在他的脑海中上演。

他记起新婚时，她专门采下野菊，在温煦的阳光下晒干，然后细细地为他缝成菊枕。而他感念于她的温情，专门为她写过一首《菊枕诗》，字字句句里流溢出的都是那段美好时光里的儿女深情。而今生离死别两悠悠，人不见，情未了，恨无休。

于是，他凄恻地写下了两首绝句来诉说心中那无法排遣的相思：

壹
采得黄花作枕囊，曲屏深幌闷幽香。
唤回四十三年梦，灯暗无人说断肠。

贰
少日曾题菊枕诗，蠹编残稿锁蛛丝。
人间万事消磨尽，只有清香似旧时。

六十七岁时，他因深深思念她而再游沈园。当看到当年题词的斑驳墙壁时，他忍不住难过起来，于是又写下一首诗来表达对她的怀念：

枫叶初丹槲叶黄，河阳愁鬓怯新霜。

林亭感旧空回首，泉路凭谁说断肠？

坏壁醉题尘漠漠，断云幽梦事茫茫。

年来妄念消除尽，回向蒲龛一炷香。

七十五岁时，他对她依然无法释怀，便在沈园附近住了下来，"每入城，必登寺远眺，不能胜情"，于是写下了如此诗句：

城上斜阳画角哀，沈园非复旧池台。

伤心桥下春波绿，曾是惊鸿照影来。

梦断香消四十年，沈园柳老不吹绵。

此身行作稽山土，犹吊遗踪一泫然。

八十四岁时，他已然老了，老得不能常去沈园了。一次梦醒后，他蹒跚着又去了沈园，写下了怀念她的最后一首诗：

沈家园里花如锦，半是当年识放翁。

也信美人终作土，不堪幽梦太匆匆！

此后不久，他带着对唐婉的无限爱意，溘然长逝。

岁月匆匆，物是人非，在所有的风景人事里，唯有她始终在他心头。

他一生写下诗词万余首，却没有一首是写给自己的母亲和第二任妻子王氏的。怨和恨，他虽未曾说过，但也可看出他对自己尽孝之后的悔恨万千。而对一直住在他心底的唐婉，他满怀歉意，一生为她写下大量和泪啼血的诗词，一生为她重游沈园无数次，只因这一生对她永远无法释怀，也永远忘记不了她，而沈园是见证他们情缘的地方，又是他们重逢之地。

然而，即便如此，他也无法还清这一世的情债。于是，他用一生来想念她。

尾语

　　"曾经沧海难为水，除却巫山不是云"，写的是一生只爱一人，一辈子只忠于一人。

　　陆游和唐婉，演绎的便是这样的爱。

　　他和她之后，即使其他情侣也是一个贤良淑德、一个温文尔雅，都抵不过他们的一分一毫。只是，可恨的是，这样的深情有始无终。

　　记得他无奈写下那封令二人悲痛一生的休书时，她送给他一盆秋海棠，说这是断肠红；而他则纠正说应为相思红，意为年年相思时，断肠人在天涯。

　　诚如是，经年岁月里，他们两人都纠缠于相思肠断。相爱，太爱，都成了原罪。

不禁想，他们若能像司马相如与卓文君一样为爱私奔，或隐居乡野，或泛舟天涯，便可免了这千古遗恨。

世间相爱之人能在一起已是难得，一生一世一双人更是凤毛麟角，若能不管忠孝两全，便不会饮下这相思之苦。

第十卷

柳如是 与 钱谦益

此生予君一红豆，
苍颜白发也相守

红　尘　相　遇　.　一　念　一　生

　　她，在时光汹涌里唱着"我见青山多妩媚，料青山、见我应如是"，遇见了他。

　　如同，恰逢知己，亦生出深深的爱恋。

　　世人皆说她"阿世媚俗，贪图名利"，无人知晓她是发自内心地爱慕他。

　　只因，他对她的深深理解，他在岁月沉淀下的温犀，可以包裹她一世多舛下的深寒。

　　"共患艰难，坐拥黄昏"，是他对她说过的最美情话。

　　她，一生一世不忘！

零·桃花得气美人中

崇祯十三年（1640年），冬。她着一身男装，冒寒放舟常熟虞山，奔赴半野堂去拜访她仰慕的大文豪。

她的手中紧攥着一首自己精心写就的诗。那是她为讨好他，依据他喜好的风格而刻意创作的。那时，她还不知自己将会与他产生怎样的交会。她，只是潇洒地将这首诗交到他仆人手里，让其代为递呈给他一阅。

半野堂，乃是钱谦益的府邸。

彼时，曾是明朝礼部侍郎、东林魁首、才高八斗的钱谦益被尊为"诗坛盟主"。她，曾于西子湖心与他邂逅过，只是，那时他并没有将她谨记于心。

一别经年，世事变迁，他早已将那次西湖偶遇遗忘。所以，当她帛巾束发，一身男子装扮投递名帖造访时，他已记不清谁是柳如是了。然而，她那一首习作《半野堂初赠诗》惊艳了他。

声名真似汉扶风，妙理玄规更不同。

一室茶香开潎黯，千行墨妙破冥蒙。

竺西瓶拂因缘在，江左风流物论雄。

今日沾沾诚御李，东山葱岭莫辞从。

这首署名"柳如是"的诗，字句里的气质完全是按照他的喜好而定制的，所引用的典故、所暗含的比喻，无不直指他平生自许。彼时，他虽声名赫赫，然而恰逢崇祯帝是个生性多疑的人，在他的极端多变里，钱谦益宦海沉浮，好不容易于政争中逃脱，退隐常熟，正是不得志时。

故而，他一阅之下，即将她视为知己。

再斑驳的人生，如果能遇到一位知己也会让人愉悦不已。

他的心悸动万分，马上按图索骥，泛舟于湖畔寻她而来。更惊喜的是，仆人口中的"少年儒生"今日已然化身为嫣然妩媚之女子。他只看了她一眼，便将她收入眼帘。

他倾心她的才，亦倾心她的貌，于是口占一首情意绵绵的诗赠答她：

> 冰心玉色正含愁，寒日多情照桅楼。
>
> 万里何当乘小艇？五湖已许办扁舟。
>
> 每临青镜憎红粉，莫为朱颜叹白头。
>
> 苦爱赤栏桥畔柳，探春仍放旧风流。

这寥寥字句里的情话浓稠得化不开，暗含的意思是我喜欢上你了，然而我老了，你是否会喜欢我的白发和皱纹？你若真的敢喜欢我，我定敢放下一切娶你。

未曾想到的是，她沉吟片刻后，回了如此一首诗来唱和他：

> 谁家乐府倡无愁，望断浮云西北楼。
>
> 汉佩敢同神女赠，越歌聊载鄂君舟。
>
> 春前柳欲窥青眼，雪里山应想白头。
>
> 莫为卢家怨银汉，年年河水向东流。

河水东流，逝者如斯，谁的容颜会永驻呢？所以，你不必因为我的年轻和美丽而对时光产生怨恨。反而，我对你白发的倾慕就如春柳爱慕远处的高高雪山，要知道那里隐藏着你的智慧和阅历！

如此才情绝艳的美人，于他，是今生的可遇不可求。

于是，他们逾越了年龄、阶层、世俗，相亲相爱，诗词唱和。

三十六岁的差距，让他对她更是疼爱有加。

他，以匹嫡之礼风光地迎娶她，并随她摒弃繁文缛节，更为了给她盖新居而不惜卖掉了家藏宋本前后《汉书》，耗银千余两盖起了一座五楹三层的绛云楼。在这里，他们藏书无数，并诗文对唱。他每每想出佳句便会在她面前深情吟诵，当然，每每也会被她很快唱和出来。两个才情满满的人，可谓不分伯仲。

曾有诗史如此评价道：谦益诗文"气骨苍峻，虬松百尺，柳未能到"，但柳诗"幽艳秀发，如芙蓉秋水，自然娟媚，宗伯公（谦益）时亦逊之。于是旗鼓各建，闺阃之间，隐若敌国云"。

他的诗似千年松，铜枝铁干，百尺摩天；而她的诗，则是秋水中的莲花，娟媚秀丽。两人各有千秋，可谓旗鼓相当。

然而，于他，她是那"近日西泠夸柳隐，桃花得气美人中"，无人能及。

曾经，他直言在他的心里，她与江山同等重要，道尽了他对她的情深意重。

这样的女子，能得一知己夫君，真是夫复何求。更何况，她饱受情伤，更是渴望被真心相待，渴望岁月静好的安稳。

他的出现，犹如一道彩虹、一束霞光，照亮了她的生命。

有了他，即便历经兵荒马乱、世事变迁、王朝更迭，又如何？

能遇一知己，又可以相伴到老，至死不渝，便是美事一桩。

壹·但求有一人知己

邂逅一人，是因为很深的宿命情缘。

二十二岁的她，貌美且才高，亦历经沧海桑田；眼波流转里，深谙这人间的世态凉薄。她，踽踽行走在秦淮河畔，沉沦于声色犬马、纸醉金迷中，亦渴念成为那低眉敛目、荆钗布裙、织布荷锄、相夫教子的烟火女子，那是一种简单的快乐。

盛夏里，她孑然一身泛舟西湖，写下了那两句后世流传颇广的诗："大抵西泠寒食路，桃花得气美人中。"这也是他最心仪的诗句，后来他曾用"桃花得气美人中"之句来盛赞她的才情。

他们彼此最初的相互吸引，全然来自对彼此才情的欣赏。

她曾在花魁大选时以一首苍劲的《咏竹》一举摘得 "花魁"桂冠。

不肯开花不肯妍，萧萧影落砚池边。

一枝片叶休轻看，曾住名山傲七贤。

彼时，众人皆叹："此诗嶙峋傲然，气节凌云，颇有遗世独立之风骨，竟不似女儿手笔。"而她那一身男儿装，那一副不施粉黛、不娇不媚、洗尽铅华的模样，瞬间盖过了一众浓妆艳抹、绮罗粉黛、娇滴滴的美人，可谓艳惊四座。

一夕之间，花魁杨影怜声名鹊起。

那时她的名字还叫杨影怜。然而，经历了几任渣男之后，她改名为柳如是。依旧孤清桀骜，依旧好男儿装，依旧艳压群芳。虽不幸沦落风尘，却从来都自尊自爱。

而他作为东林魁首，更是才高八斗，有"诗坛盟主"的称号，亦早就名满天下。

这样的两人相逢，必是金风玉露。

其实，相逢之前，他已被她的那首"垂杨小院绣帘东，莺阁残枝未相逢。大抵西泠寒食路，桃花得气美人中"自尊征服。为此，他还专门写诗一首相和："草衣家住断桥东，好句清如湖上风。近日西泠夸柳隐，桃花得气美人中。"

可见，他对她的欣赏。

这样的女子，都会渴望一种情感的依赖。因为父爱的稀薄缺失，她素来都喜欢年纪大的男子。于是，在崇祯十三年冬的某一天，她专门泛舟寻访他的半野堂。

初时，她未曾见到他，便只留下了那首表白的诗。

他读后大惊，紧接着欣喜若狂，原来她就是自己欣赏的女子。

于是，隔日他便到了她的画舫外，高语道："老夫牧斋前来拜会。"她听闻此言，内心若小鹿乱撞。四目相对之时，她的直觉告诉她，眼前这位白发苍苍、年近花甲的男子，将成为自己半生漂泊的终点。

他为她建造一处新居，名曰"我闻室"，是为了呼应柳如是之名，取佛家"如是我闻"一语。

新居落成之日，他特意赋诗一首："清樽细雨不知愁，鹤引遥空凤下楼。红烛恍如花月夜，绿窗还似木兰舟。曲中杨柳齐舒眼，诗里芙蓉亦并头。今夕梅魂共谁语？任他疏影蘸寒流。"

她亦回赠了一首诗，便是那首深情款款的《春日我闻室作呈牧翁》。

能有一人如此深深理解自己，死而无憾。

那个冬季，在半野堂，他欣赏着她的肆意才情，为她设下歌筵绮席，让她尽情高谈阔论，释放所有的热情。

她端地生了"与君初相识，犹如故人归"的恍惚感慨，遂起念，这一世只愿随他一人，矢志不渝。

是年，她在他的半野堂守岁。

这应是他们一生中最美好的时光。波光潋滟，微风习习，一切都是美好的。

崇祯十四年（1641年），他不顾世俗偏见，以正妻之礼迎娶她。婚礼在一叶扁舟中举行，为了纪念她和他在画舫的相识。

彼时，她二十四岁，他六十岁。

以这样的年龄差距却结为连理，不免引起议论纷纷，世人都说她媚俗，贪图他的名利和金钱。殊不知，她是真的仰慕着他，若真是贪钱恋势，那些往来的徽州富商她就不会拒之门外了。经历了命运多舛，阅尽世间冷眼，她太了解什么才是自己最渴求的了。那宽厚的包容和满满的温暖，断然不是年龄相仿的青年才俊所能给予的，那些人不会懂得她的绝望。

他们的婚礼，注定没有祝福，只有唾弃。他的声望实在是太高了，舆论哗然，更有甚者在岸边用石头、菜叶、鸡蛋拼命砸向他们的小舟，仿佛他们之间有着深仇大恨。

幸而他不惧，依然紧紧握着她的手，深情无比地说："共患艰难，坐拥黄昏。"

　　瞬间，她潸然泪下。世上能有如此知己，足矣！

　　诚如佛经所云："如是美音，若天若人，紧那罗等无能及者，唯除如来言声。"

　　知己之音，皆是如此。

贰·他之前，她总是所遇不对

婚后，他为她在虞山盖了壮观华丽的"绛云楼"与"红豆馆"。

他们居于"绛云楼"，每日读书论诗，甚为欢畅。

得如此女子为妻，他自然捧她为掌上明珠，好生疼爱着她。他吩咐家人一律尊称她为"夫人"，不得叫"姨太"；他自己更敬称她为"河东君"。因她喜欢身着儒服出闺接待宾客，他还戏称她为"柳儒士"。

这让她恍然忆起曾经的周宰相——那个曾摆渡她上岸的男子。

她原叫杨爱。因为贫穷，四五岁时就被卖到了青楼。老鸨初见她时就被她的眉清目秀惊艳到，便一对一地对她精心栽培。于是，她跟着老鸨学习琴棋书画，走了其他青楼女子走不了的路。

她确也灵慧，很快便学会了歌舞。

正是因为如此聪颖，她出道没多久就被当朝周宰相买回了家。起初，她是给周宰相的母亲做婢女的。因她乖巧懂事，周宰相对她喜欢备至，时常会把她抱在膝上，教她诗词曲赋。又因她怯生，遂为她取名"影怜"。

后来，他因为喜欢她的冰清玉洁、锦心绣口，于是纳她为妾。于是，更加娇宠她，虽然引起其他妻妾的妒忌，但他毫不在意。她因过早地缺失了父爱，对他给予自己的宠溺格外贪恋。

时日一久，她的性子在他的宠爱里变了，变得不再怯懦，开始倔强起来，骨子里我行我素的性情得到释放，她开始穿着男装，或同他赌书泼茶，或把玩他的须发。对此，他不但从不恼怒，反而更加怜爱她。

那些岁月里，她曾想这世上再无一人能如此厚待她。

只是，世事难料，他在她及笄之年便溘然逝去。天一眨眼，世道就变了，她被周府早就看不惯她得宠的人卖回妓院。

她再一次坠落风尘，无枝可依。

曾经，她在离开青楼的那一刹，发誓再不踏入青楼半步，只能说造化弄人。再入青楼深似海，在那些举步维艰的日子里，她依然保持着每日读诗写词的习惯。这让她在肉欲笙歌里显得尤为出众，更在花魁大赛中夺得"花魁"。

一时间，因仰慕花魁之名而来的公子络绎不绝，然而没有一个人能入她的眼。

直到他的出现——松江才子陈子龙。

彼时，他是当世才子之首。虽着布衣，仍然玉树临风，英气逼人。

她与他对诗，没几句就产生了共鸣。这一世，活在情绪里的她都在寻找着知音。若能心心相印，哪管是貌美或丑，富贵或贫穷。她是为爱而生的女子，更是为心而爱的女子。她在他的才情里被征服，他亦被她的才情所惊艳。

从此，他们二人私奔到松江南楼，只因他早有结发之妻。

于她，这是无谓之事，她爱的是他这个人，不是他的家产或其他。

他们和和美美地同居了两年，度过了一段神仙都艳羡的吟诗作对、互相唱和的岁月后，她人生中的又一次屈辱骤然来袭。陈子龙的发妻极为强悍，带着一大帮人来南楼羞辱她，然而，他一个七尺男儿因为惧内，保护不了她。

当时，她的心一定在滴血。但是，她深知，爱一个人必会伤筋动骨，她不怕，只要有一知己伴侣在侧，她就感到满足。

只是，人生是把锐利的刀，时刻会在人心上划开一道伤口。

崇祯六年（1633年），陈子龙为考取功名要进京赶考。分别时，他说："同心多异路，永为皓首期。"以此来安慰她。然而，他策马绝尘而去后，那条寒食路的小径就再也没有绿意和花香。在她等待他归来的那些日日夜夜里，她看到的都是空空荡荡。

那一年科举，他未中，却立誓不中不还，留在了京城。他的发妻便趁机三番五次地羞辱她。时间一久，她终不忍蒙此羞辱，愤然与他一刀两断，回到了楚馆秦楼。

三入娼门，是为宿命。

至此，她变得极为刚烈，各路豪杰名士都被她拒之心门外。对于爱情，她的要求变得苛刻，不允许半点将就，直到那个叫宋征舆的翩翩公子出现。

满腹才情的宋公子，不仅有绅士风度，最难得的是他和她年龄相仿且无家室。即便这般，她还是难以对他交付一颗真心。于是，她专门来考验他对自己的真心：刻意让他等，他果真在门口苦等几个时辰；让他大冬天里跳水，他竟真的转身就去跳了。

愿意付诸行动的爱，才是真爱！

于是，她答应了他，他亦一心娶她。可是，婚姻往往不是两个人的意愿能决定的，尤其是在那个时代，父母之命才是天命难违。这段时间里，宋公子的母亲突然出现，无论如何都不接受她的过往，拒绝答应这桩婚事。

面对母亲的反对，一向风度翩翩的宋公子怂了，让她去外面先避避风头。对于她，这是赤裸裸的拒绝。她断然无法接受这种待遇，于是选择了分手。

也真是造化弄人。在她短暂的美好岁月里，她所经历的人都不对，或者因为时间不对，或者因为缘分不对。

对于爱情，她已然心灰意冷。她一直景仰着辛弃疾一生的豪迈，爱极了他那句"我见青山多妩媚，料青山、见我应如是"。于是，在黯然神伤里，她将自己的名字改为"柳如是"。

她，再不做那个顾影自怜的柔弱女子。

叁·与一人白首，无憾此生

遇到他之前，她不再相信爱情；遇到他之后，她沦陷于他的怀抱。

只是，那时是个乱世，乱世里难得有恒久的安稳。他们度过三年美好的时光，却似南柯一梦，被猝然闯入的铁骑踏碎了。

那是崇祯十七年（1644年），李自成攻陷北京，崇祯帝自缢身亡，明朝亦很快灭亡。同年，钱谦益出任南明弘光朝廷礼部尚书。南明尚未安定，次年，清军便已逼近金陵。

清军抵达南京城下时，柳如是为了保住丈夫的一世英名，劝他和自己一起投水殉国。然而，他沉思片刻，不发一言，后走向水池轻轻试了下水，便退缩道："冷极奈何！"她见他犹豫，便以身示范，"奋身欲沉池水中"，不想却给他硬拖住了。

劝他殉国未成，她亦未能阻止他率领诸大臣向清军投降。

那日滂沱大雨，她的眼睛被泪水模糊。她的心亦隐隐作痛，她未曾想到自己所嫁的一代大文豪，竟如此没有骨气。他的老友，河南巡抚越大人和参政兵备道袁大人，却都以一身誓死不降的烈骨绝食而死。她曾深爱过的男子陈子龙也铁骨铮铮，因抗清被捕，乘机投水而死。陈子龙如此风骨凛然，更是让她为钱谦益的降清汗颜。

然而，即便如此，柳如是仍然在心里原谅了钱谦益，只因他是自己终生难遇的知己。

钱谦益响应清军统帅的号召剃了头，并且赴京出任清朝的官职。她穿上了象征明朝的红袍为他送行，并未随他一起，而是选择留在南京。

他走后，她每日身着丧服，设立灵位，以凭吊那些明朝的亡者。

某日，仆人过来慌张地向她禀告，说传闻老爷在京中被下了狱。因为爱他，正卧病在床的她放弃了曾立下的永不北上的誓言。他的没有骨气，远抵不过他对她的好，她永远记得他给自己的温暖，对自己的不离不弃，以及那年他对她说过的"共患艰难，坐拥黄昏"。

她素来是个重情重义的女子，连忙带病陈情上书，愿代他受刑或与他同罪。钱谦益在京中的故人目睹她的深情，不忍旁观，于是出手相助，把他救了出来。

幸免于难的他幡然醒悟，写下"恸哭临江无壮子，徒行赴难有贤妻""梦回虎穴频呼母，话到牛衣并念妻"。

之后，他便托病辞官，回到西湖边重新过上了他们曾经深深沉醉的田园牧歌式的生活。

不久，他们有了一个可爱的女儿。老来得女的他，自是高兴万分。只是，还有厄运。就在诞下女儿的这一年，他的徒弟因写诗嘲讽清廷锒铛入狱，他因受牵连，再次入狱。

他的性命危在旦夕，她虽产后虚弱，仍挣扎着冒死上书朝廷。或许是因为他多年名声在外，或许是因为朝廷也真的抓不到他什么把柄，很快就把他放了出来。

对于当朝，他已然心灰意冷。他决定带着她归隐，再不涉足朝廷半步。顺治六年（1649年），他带着她从苏州返回常熟。

尽管后来他仍暗中与西南和东南海上反清复明势力联络，更于之后十几年不顾年迈体弱，积极参与各种反清活动，然而，世人记住的是他虽有才气却无气节。

但她始终深爱着他，矢志不渝，至死不休。

尾语

　　两人度过了十余年的平静生活后，康熙三年（1664年），八十三岁的钱谦益病逝。

　　那一年，她才四十七岁。

　　可是，又如何？最初她便有心理准备，年龄悬殊，他必会先行一步离开人世，然而，她深深记得他给予她的安慰和温暖。他能陪伴她二十多年，这二十多年的知己情愫，足以慰藉她将来的孤独岁月。

　　尽管她知道他去世后，自己的生活将无比凄寒。

　　果然，他的尸骨未寒，他的亲戚们就来争夺遗产。面对他们的贪婪和不依不饶，她孤身操办完他的后事后，便用三尺白绫结束了自己风雨飘摇的一生。

此去柳花如梦里，向来烟月是愁端。

她，这个一代奇女子，终于为了爱情香消玉殒。

犹记起，他为她作的诗："雪色霏微侵白发，烛花依约恋红妆。"

她如此应和道："春前柳欲窥青眼，雪里山应想白头。"

多么美好。

这样的女子，虽命运多舛，终于遇到知己共度一生，亦是幸运。

第十一卷

陈圆圆 与 吴三桂

倾尽柔情为君尽

红　尘　相　遇　.　一　念　一　生

她，是乱世里的柔媚一抹，倾国倾城，命途跌宕，惊艳了一剪时光。

只是，被百般蹂躏的生活，让她的人生了无指望。

她，曾爱他如生命，感念他于楼前流水念她终日凝眸。

谁知，那个曾"冲冠一怒为红颜"的清朗男子，也不过是迷失于夜夜笙歌的凡夫俗子。

红尘阡陌里，他对她心生了厌倦。

自古红颜多薄命，她亦没能逃脱这魔咒。于是，心事枯萎，情愫凋零。

罢了，终究只能，于青灯古佛里安度余生。

零·倾尽一生相恋

纷扰乱世，铁马金戈，歌尽血泪。

那是个动荡不安的时代，她以倾城容颜惊艳了岁月。作为吴越之地的名妓，她早已因国色天香而名扬四方。所谓"秦淮八艳"，她即是其中之一，自然引得无数英雄豪杰折腰。

彼时，朝政极不稳定，可谓内忧外患，当朝皇帝为明思宗，亦即崇祯帝。这个年轻有为的帝王，虽有才情，然而生性多疑，还是无法扭转全局。他时时为江山忧虑，于是国丈田畹便四处寻找美女欲进献给他。

她因名声在外，芳名赫然在册。然而，面对如此乱象的江山，思宗早已无心纳妃。

未被宠幸的她，被田畹接回府中藏匿了起来。

彼时，大将吴三桂因骁勇善战而名声大噪。为了能得到他的庇护，田畹便专门设宴邀请他。宴会之上，田畹有意忍痛割爱，将她献上前去表演歌舞。

她幽怨地唱起一曲《西厢记》："兰闺深寂寞，无计度芳春。料得高吟者，应怜长叹人。"吴三桂被她曼妙的舞姿和美妙的歌声深深吸引，目光片刻未曾从她身上移开过。田畹历尽官场沉浮、尔虞我诈，一眼就看出了契机。于是，讪讪地凑近吴三桂，说可以将她许配给他，只要他庇佑自己全家安全。

吴三桂欣然应之。能为一美人随意奉献、给予，他是这般心甘情愿。

她在多年的漂泊里，从未遇到过一人能为了自己如此牺牲忘我，更未曾遇到过一人像他这般爱慕疼惜着她。

相见恨晚之余，她将一颗真心也交付于他。

于是，吴三桂便将她纳为妾。人世间最难得的，便是得一人心。得一人心便可白首不相离。皓月当空，他们彼此紧紧相拥，想要一生一世只对眼前人好。

彼时的两人，一个郎才，一个女貌，自是天造地设一对。

只是，当时流寇猖獗，吴三桂很快就奉命出关奔赴战场，只好将她安放在家中。然而，他还未到战场就听到京师沦陷、皇帝殉国的消息；而她，因天下无双的美貌被李自成部下刘宗敏掠走。

这祸端，让他"冲冠一怒为红颜"，打开山海关，后金铁骑长驱直入，勇挫李自成二十万大军，将李自成赶出了京城。吴三桂几番辗转，才终于得以和她相见。

传闻，有一首诗是吴三桂送给陈圆圆的：

华筵回首记当时，别后萧郎尚寄诗；

人说拈花宜并蒂，我偏种树不连枝。

鸳衾好梦应怀旧，鲛帕新题合赠谁？

料忆秋风寒塞外，有人犹写断肠诗。

那一刻，她泪如雨下，愿这一世只做他一人之妻。

吴三桂受封平西王，独占云南，欲废正妻，立她为正。然而，她自始至终爱的是他这个人，而非他的金钱、权势、地位，更何况张氏并无何罪，怎能承受这样的屈辱？而且，他曾为了救自己投降清军背叛明朝，为此她已然十分愧疚，怎还能接受王妃称号？

他，本是人人称颂的英雄，然而因她而成了不忠不孝的叛国贼。如今，她怎可再成为人人唾骂的红颜祸水？

她不要什么地位，只要和他白头偕老。于是，她拒绝了。

为此，她还专门深情款款地赋诗一首给他："冲冠引虎入关门，千里山河遍血痕。夫婿奴颜成国贼，妾身酿出祸源根。"

她那颗为他着想的心，一字一句都表露无遗。

还有一阕《丑奴儿令·梅落》的词，她对他诉尽衷情：

满溪绿涨春将去，马踏星沙，雨打梨花。又有香风透碧纱。

声声羌笛吹杨柳，月映官衙。懒赋梅花。帘里人儿学唤茶。

寥寥数语，道尽了她的漂泊凄苦。她早已看惯了世间的炎凉，浮世里的冷暖，更几经沉浮，对她而言，浮名早已如过眼云烟。更何况，相比名利，她更爱惜他的声名。

然而，他却对她心生了倦意。

在他身边的日子里，她曾多次劝他反清复明。只是，他已然不再是那个清朗的男子，他的眼里只有富贵、利益，并深深厌倦她的妇人之见。

他，觉得她已不是自己心仪的那个女子。于是，夜夜笙歌里多了其他貌美的女子的身影。她，如深宫里的人失了宠，在他的府中独守孤寂。

不离不弃，曾是她为他写下的最好的情话。再是山河破碎风飘絮，她都坚定不移，若磐石，如蒲丝。于是，她请求他允许自己到庵内修行，布衣蔬食，礼佛以毕此生。

一代红妆就此繁华落尽，归于寂寞。

壹·纷扰乱世，无一人可交心

　　她出身于货郎之家，原姓邢，名沅，字畹芬。

　　父亲虽是个货郎却极喜欢曲艺，倾家荡产招来一堆擅长歌舞的人住在家里。为了使幼小的她免于受苦，便将她寄养在经商的姨夫家。

　　这，也是祸端的开始。

　　少时，冰雪聪明的她，诗词歌赋皆很有天分，早早就惊艳了十里乡村。

　　父亲最终因贫穷去逝，恰逢江南年谷不登之际，薄情而势利的姨夫便将一身才情的她卖到了苏州梨园。

　　豆蔻年华的年纪，她便初登舞台，一曲《西厢记》即名动秦淮。

她扮演的是红娘，"人丽如花，似云出岫，莺声呖呖，六马仰
秣，使台下看客凝神屏气，入迷着魔"。

色艺双绝的她，自是引得无数豪杰对其倾心，然而，她心里只
存着对寻常生活的向往，过普通人家的小日子，于柴米油盐里过一
朝一夕。

初时，她遇到一位翩翩少年，两情相悦之下，他许诺娶她为
妻，也为她赎了身。只是，拜见他父亲时，她名妓的身份成了"孽
障"。次日，她即被送回青楼，他解释说她艳若天人，非凡俗之
身，若娶了她，会逆天而亡。

她听了毛骨悚然，原来"艳妓"之名是她一辈子的耻辱。

那年，她十六岁。虽挫败于这昙花一现的爱情，她却未曾死
心，依然于风花雪月之中期盼遇到真爱。

十八岁时，她终于再次遇见了爱情。

那一年，大才子冒辟疆途经秦淮。早就耳闻她是个名满江南的
绝色佳人，于是，在友人的引荐下与她相见。

风流倜傥、俊雅博学的冒大公子，很快俘获了她的芳心。倒不
是因为他的相貌才情如何，而是因为他对她的了解和深情。他不像
其他那些公子哥儿只垂涎她的美貌，他懂得她的孤独，一句"（圆
圆）淡而韵，盈盈冉冉，衣椒茧时，背顾湘裙，真如孤鸾之在烟
雾"，便让她芳心暗许。

秦淮河上留下了他们恩爱痴缠的身影，这对才子佳人亦立下了"死生契阔，与子成说"的海誓。然而，当她羞赧地提出将终身托付于他之时，那个曾赞许她"妇人以资质为主，色次之，碌碌双鬟，难其选也。慧心纨质，淡秀天然，平生所见，则独有圆圆尔"的男子，却以"严父患难，无心纳妾"为由残忍地拒绝了她。

她尽管比谁都渴望被爱救赎，过上最平凡的世间日常生活，然而面对如此的虚情假意，她自有骨气，毅然决然地选择了抽身而退。

她也终于明白，世上所有流连欢场的男子都无两样，所谓情真意切，都不过是逢场作戏。

对于情爱欢场，她也有了自己的见识，不再盲目地交付真心。

当得知田国丈在普陀山进香选秀，她便佯装偶遇，因为姿色过人，轻而易举就被选入宫。在她心中，既然爱情得不到，那么就远离欢场，寻得一场俗世的安定也好。只是，未曾想到的是，江山乱象早就扰得崇祯帝无心欢娱笙歌，所以，她很快就被接回田府。

纷扰乱世，她在爱情的洪流之中漂漂荡荡，始终靠不了岸，身边来来去去的男人贪图的都是她的身，无人爱怜她孤寂的心。所谓"熏天意气连宫掖，明眸皓齿无人惜"，茫茫人海，数年岁月，寻寻觅觅竟无一人可交付真心。

她那颗悲悲戚戚的心，似无边苦海。

贰·邂逅，彼此将真心交付

对于爱情，她虽被伤得遍体鳞伤，却未曾放弃。她，仍然相信这世间终有一人会爱自己如生命。

月明星稀之夜，她满怀孤寂，等待着生命里的那个人出现在自己面前。

在田家的日子，她甚是煎熬。田畹虽对她百般宠爱，然而他的不解风情、木讷刻板，让她心灰意冷，她弹琴吟诗，他没有半点能懂。

那一年，五月，一个闪烁如星辰的名字震动京城——吴三桂。

长期驻守山海关宁远小城的他，之所以突然为大家所知，原因是他成功解救京城于困厄之中。时值乱世，人人自危，所有达官贵人都想攀附他，好有个庇护。身为国丈的田畹亦是如此。

于是，他特选了一日来宴请吴三桂。

席间，为讨吴三桂的欢心，他刻意将自己金屋藏娇的陈圆圆请出，为吴三桂歌舞一曲。陈圆圆蹁跹起舞，着实惊艳了吴三桂。其实他们渊源颇深，曾经，他于江南偶然见过她，对她倾心不已。然而，因国事、家事缠身，他许久未曾再见到她，四处寻访之下才知她早已被国丈田畹选入了宫。他未曾想，竟然会在这里与自己日思夜想的女子重逢。

望着爱慕已久的佳人，吴三桂的一双锐目片刻不曾离开她，田畹自是看在了眼底，知道他的心思，于是暗示他，若是可以保全庇护自己全家性命，愿拱手献出陈圆圆。

面对如此简单的条件，他自然满口答应。

这次遇见，对陈圆圆而言不失为一件幸事。田畹虽有别的用意，却使她获得一个可以依赖的真命天子。更何况，他对她有着一见之后不能忘怀的深情。他不仅骁勇善战，而且不乏才能。他虽是驰骋战场之人，却并不野蛮粗鲁，父亲的文人之气早已在他身上烙下了深刻的印记，年少时他还曾跟书画名家董其昌学过绘画。身材虽不伟健，却是五官俊美的男子。

他欣赏得了圆圆的诗词歌赋，也配得上圆圆的美貌。所谓郎才女貌，正如他们这般。

因为爱她，他许给她一个未来，愿意娶她为妾。月照当空，她想到的是"但愿人长久，千里共婵娟"的美好。

在吴府的那些岁月，成了她一生最好的时光。那时，岁月静好，现世安稳。只是，时光苦短，很快他就被一纸圣旨召唤去战场。狼烟遍地，他欲携她一同前往，然而父亲极力反对，怕她在军营会伤了士兵的锐气。无奈之下，他只好满怀不舍地将她安置于家中。

然而，他这一去却是无比糟心。他还未到战场，就听闻京师沦陷、明帝殉国的消息。更糟心的是，李自成的部下刘宗敏因贪恋圆圆的美貌，而将其据为己有。

李自成杀进京师，建立大顺王朝，派人欲劝降他。他却掀了案几，怒发冲冠，仰天长啸："大丈夫不能保一女子，何面目见人耶！"于是，拔出宝剑将案几砍成两段，誓要让李自成如同案几。

从此，他做出让天地山河皆为之一震的决定，一个王朝的历史就此被改写。

他向满人多尔衮借来军队，杀死李自成派到边关的将领，并让所有士兵为殉国的崇祯帝穿上丧服。

爱情的力量无穷之大，他带着入关的清军勇挫李自成二十万大军，杀入京城。

李自成败了，大顺王朝就此覆灭。兵荒马乱之中，陈圆圆趁机逃脱，幸于最后得以和他相见。

或许，他们注定是连理枝，无论什么都不能将他们分开。

然而，为了爱情，他们一个被钉在了历史的耻辱柱上，一个留下了"红颜祸水"的千古骂名，真应了那句俗语"温柔乡是英雄冢"。

可是，于后世人而言又如何？自古英雄难过美人关，能为一人做出牺牲，在爱情中也是莫大的幸福。

更何况，他们美好的爱情故事，在历史的洪流中并未被淹没，而是永远地流传了下来，刻在了每个女子的心里，永不磨灭。

叁·烟花散尽，归于寂寞

为了陈圆圆，吴三桂彻底走上了一条不归路。

他任凭清廷驱遣，攻打农民军，也灭了崇祯帝的堂弟桂王建立的永历政权。他驰骋疆场十六载，打遍大半个中国，直到清朝统治中原。

他，终于成了一个历史上的叛臣。

他，做了全世界的坏人，却只做她一人面前的好人。无论是与大顺军大动干戈之前，还是在战火中寻回她之后，甚至在征战十六年之后，他都一直恩宠着她。

后来，他成了清朝的开国功臣，于云南受封"平西王"，他也未曾将她遗忘。尽管那时的她早已韶华老去，而他依然将她带在身边，并欲封她为"平西王妃"，将她扶正。

"妾以章台陋质，谬污琼寝。始于一顾之恩，继以千金之聘。流离契阔，幸保残躯，获与奉匜之役，珠服玉馔，侬享殊荣，分已过矣。今我王柝圭胙土，威镇南天，正宜续鸾戚里，谐凤侯门，上则立体朝廷，下则垂型神属，稽之大典，斯曰德齐。若欲蒂弱絮于绣茵，培轻尘于玉几，既蹈非偶之嫌，必贻无仪之刺，是重妾之罪也！其何敢承命？"

她如此婉言谢绝了他。

她深深感受到了他的恩宠，但她更希望的是，在如此良辰美景里，他心心念念着她足矣，不在乎其他。

不过，他仍为了表示他的爱意，专门为她修筑了一座再现江南风光的花园，名曰"野园"。他知道她始终眷恋着江南的景物，于是选择在千山簇拥之地命人凿池修苑，筑红墙，栽碧树，引翠鸟，放麋鹿……

月明风清之夜，她吟唱了一曲《大风歌》，他拔剑起舞相和。那一刻，美人如玉剑如虹，这尘世，只剩他们二人。

时光深处，昆明北城外，这一处花园浩渺无边。

可惜，在权色之中，他只是个再普通不过的男子。

日复一日，年复一年，她愈发人老珠黄，而他渐渐也有了新欢无数，无论是"四面观音"还是"八面观音"，都比她擅长宠技。人说"色衰而爱弛"，丝毫不假。纵然，她曾有过倾国倾城之貌，也已然在无情的时光里被磨砺殆尽；纵然，他曾有冲冠一怒为红颜的情深意重，也抵不过人心易变的铁律。

更何况，他们在爱情里还走上了歧路。

在爱情里，心的距离比身体的距离更可怕。她，想要的是现世安稳，而他只能给她荣华富贵。就这样，他们越走越远，虽近在咫尺，却远在天涯。

曾经，她在花明雪艳的时候吃斋念佛，度过了一段安宁如水的时光。如今，命运、爱情于她皆成悖论，便罢了。吴三桂虽不是帝王，却仍有着无数后宫佳丽。一入后宫深似海，尔虞我诈的事情更是层出不穷。她素来与世无争，于是选择了青灯古佛。

最初，她只是在王宫别院带发修行，他于闲暇之际还是会时常去她修行的庵堂里与她闲坐清谈。最后，她决意遁入空门。于是，她在宏觉寺正式接受了玉林禅师的剃度，法名"寂静"，号"五庵"。

繁华喧嚣之后，终归淡泊宁静。

不过，在爱情里，这也是保全她自己的唯一方法。

诚然，她留下的那孤绝的背影，成了他心底的美，即便经历佳丽无数，她始终如光阴里的一枚琥珀，以最美的姿态留存在他记忆深处。

尾语

出家之后，她住进了远离王宫的昆明城郊的三圣庵。

这小小的庵堂，盛着她所有的记忆和爱情。她怀念着过往的美好，好让自己过得安然。

然而，吴三桂却走得越来越如履薄冰。顺治帝时，他的日子尚且还好，可当年少老成的康熙帝继位后，他的光景便每况愈下。他自己也清楚，他注定要与这位少年天子有一场决一死战的较量。

弑君弃父，引狼入室。这不忠不孝，定于他不利。

那一年，当康熙帝颁了撤藩令，他便反了，举兵反清。重整戎装，翻身上马，扬鞭疾驰，连发三矢皆中靶心，自以为还是那个曾经的英武之人，却不知周遭早已风狂雨骤。

他终究不比从前了。然而，他于仓促中仍自立为帝，因不愿屈服的骨气。

曾经，她劝他反清，光复汉人的明朝，然而他始终置若罔闻，还讥笑她是妇人之见。而后，最终他输掉了本可能属于他的整个帝国。

康熙十七年（1678年），吴三桂病逝。康熙二十年（1681年），昆明城破，吴氏遭灭门。

她于庵内修行，本可躲过此劫。然而，他已不在这世上，她生无可恋。于是，她自沉于他修建的莲花池中。

是夜，残月当空，她为他殉情。

第十二卷

沈宛 与 纳兰容若

人生若只如初见

她之前，他有"相逢不语，一朵芙蓉著秋雨"，只能相会在梦里的初恋表妹，亦有偷走他深沉之爱的发妻卢氏。

只是，情若付之于人，谁还管他曾经几何。

于是，她如飞花逐月一般跟随了他。恨的是，自古多情伤离别，比翼连枝只是个美好的愿望。

她和他，终因世俗没了长相厮守的缘分。

"此夜红楼，天上人间一样愁。"没有爱情的人生，全都是苍白，他们终没抵过"过慧易折，情深不寿"的劫，从此，天上人间恨无穷。

零·因为深爱，所以凄恻

那时，官氏的傲慢、颜氏的平常，给不了诗意的纳兰以安慰。

他，一颗情深如海的心，夜夜于瘦尽的灯花里憔悴寂寥。友人顾贞观深知他的寂寞，也知晓他渴慕一位多情玲珑的红颜知己，于是在他南下时将江南才女沈宛引见给他。

在京城之时，他早已对沈宛的才名有所耳闻，也读过她婉约细腻的词作；沈宛也一样，早就听说过他这位名满天下的翩翩公子，也读过他写的《饮水词》。

那一日，他们一相逢便彼此倾心爱慕。一见钟情在他们身上被诠释得淋漓尽致。

四月的江南应景应情，绿树成荫，竹林漾风，他们邂逅在江南的画舫之中，绿纱窗下，心似醇酒佳酿。她手抚琴弦，轻轻奏出那一曲自谱的《长命女》：

> 黄昏后。打窗风雨停还骤。不寐仍眠久。
> 渐渐寒侵锦被，细细香消金兽。添段新愁和感旧。拼却红颜瘦。

一曲唱罢，她就入了他的心。于是，他为她深情写下了一阕《浣溪沙》：

> 十八年来堕世间，吹花嚼蕊弄冰弦。多情情寄阿谁边？
> 紫玉钗斜灯影背，红绵粉冷枕函偏。相看好处却无言。

爱情，或许就是如此。有些人相处一辈子，都很难在心底泛起一丝波澜；而有些人只相处一刻，一个眼神就能摄获一生的情愫。纳兰与沈宛便是如此。在此之前，多情如他几近心灰，以为这辈子除了表妹再无人可以入心，然而，与沈宛初见，她便镌刻在了他的心底。

人活一世，再多的财富、再高的权位，都不如一个知心的爱人。于他这样一个深情的人而言，更是如此。

如诗一般美好的她，给了他枯竭之心以甘露，以柔情万千，让他自表妹离世之后心有所依，重新感受到红尘的滋味。所谓春风如酒，所谓风花雪月，都有了归属。

"休堕玉钗惊比翼，双双。共唼苹花绿满塘"——成了那时他所有的渴慕。

然而，他是满族、她是汉族的出身之别，成了他们之间最大的鸿沟。因为那时的满汉不可以通婚。对于有着显赫家世的他，更是如此。所以，即便他如此想纳她为妾，日日与她相伴，也无法逾越这道鸿沟带她回京。

他曾为此痛苦不已，只好赋词一首来表达自己不舍的心绪：

乌丝画作回纹纸。香煤暗蚀藏头字。筝雁十三双。输他作一行。

相看仍似客。但道休相忆。索性不还家。落残红杏花。

——《菩萨蛮》

可是，再怎么不舍又如何？他们之间的差距实在悬殊，他显赫的家世令身为江南歌妓、漂若浮萍的她望而却步，再加上那道无法逾越的血统藩篱，让离别成了既定。

离别之恨，最是入骨，最让人痛彻心扉。

他只能用一首词来表达对她的情意难收：

烟暖雨初收，落尽繁花小院幽。摘得一双红豆子，低头，说着分携泪暗流。

人去似春休，厄酒曾将醉石尤。别自有人桃叶渡，扁舟，一种烟波各自愁。

——《南乡子》

他回京之后，虽然身在京城，心却留在了江南。对于爱而不得的她，他的心里始终抱有遗憾。身处江南的她心里也并不好过。她的多情，一如她的才情。她每天都望穿秋水，期待着他的归来。为了他，她守身如玉，不再迎来送往。

相思到了极点时，她给他写下了这样一阕伤情的词：

难驻青皇归去驾，飘零粉白脂红。今朝不比锦香丛。画梁双燕子，应也恨匆匆。

迟日纱窗人自静，檐前铁马丁冬。无情芳草唤愁浓，闲吟佳句，怪杀雨兼风。

——《临江仙·春去》

若是可以与他做世俗里最平凡的夫妻，她愿意舍弃一切，生生世世追随他。在爱情里，似她这般应该算是极致了。

在他写尽对她的相思之时，顾贞观又一次出面，似勇士的盔甲一般将他的柔弱罩住，并将她再次带到他的面前。

这一次是在京城，她将江南的一切全然抛却，只为与他相见。

有女子如此，他堂堂七尺男儿怎可退缩？于是，这一次他再不将她辜负，不顾家里的反对，执意纳她为妾。即便如此，纳兰家中仍无法给她这位青楼女子一个妾的身份，也不许她住进明府花园。

然而，又如何？

他将她安置在德胜门的一座别院里，跟她过起了恩爱的生活。只是天妒英才，一切尘世的幸福总是容易归于寂灭。他们相处不久，他便病倒了，且一病不起，最终猝然离世。

这一段薄薄的情缘，给了他无数梦里的清欢，却给了她最沉重的眷恋。

她始终记得，他为她写下的那么多情意绵绵的词句，曾经支撑自己度过那么多寂冷无眠的长夜。

壹·宿命里的邂逅

他们相识于康熙二十三年（1684年）。

五月的风轻柔而温暖，他们在顾贞观的引见下有了第一次的相见，喝了第一次的茶。时值傍晚时分，夕阳之美令人心生愉悦。这里是她的故乡乌程（今浙江湖州），他们一行几人坐在画船上漂荡。看着她轻轻抚琴，他不禁想起了爱妻卢氏，万般滋味瞬间涌上心头。

抬头间，他望见了她乌黑的眼眸，仿佛前世已经见过，只是今生相见恨晚。

他素来多情，便提笔写下了此刻的心绪（仅引全词下阕数句）：

两鬓飘萧容易白，错把韶华虚费。便决计、疏狂休悔。但有玉人常照眼，向名花、美酒拼沉醉。天下事，公等在。

曾经，好友顾贞观告诉他，有江南名妓沈宛对他十分仰慕，常常将他的词谱成曲加以歌唱。一听顾贞观之语，他即讶然不已，自己的词被传唱确实不少，然而被名妓在青楼画舫间传唱，他还是第一次听到。

于是，未见她时他就对她有了深刻的印象。

后来，为了驱遣他的寂寥烦恼，顾贞观便常常伴他饮酒作诗填词，间或提及沈宛，极言她的大方、她的清秀、她的才学。久而久之，他对她有了更浓的兴趣，常想某日一定要去拜访她。

或许，这就是他们之间早已注定的缘分。

不久，他竟有了跟随康熙巡行江南的机会。作为御前侍卫，他与康熙一行浩浩荡荡地抵达了他昼思夜想的江南。

这一次刻意为之的邂逅，就此将他的一颗心摇荡不休。对此时的他而言，温柔如水又有才情的她，无疑是一剂良药。仕途的不称心，理想的难以如愿，爱妻的早逝，以及与父亲明珠、皇帝康熙在人生价值和人生追求上的隔阂摩擦，都让他心灰意冷。

她的出现，让他心生一丝欢愉。

那些时日里，他们整天都在画舫里依偎相伴，或饮酒填词，或你侬我侬，如同一朵并蒂莲。他是富贵才子，自是风流，然而能入他心的女子未有几人，一旦入了他的心，他必定交付真情；她虽为名妓，身边不乏风流倜傥者，然而却未曾遇到过一个为自己付出真情的男子。

这样两个人一相遇，都会爱得忘情、投入，且刻骨。

可是，再怎样相爱又如何？再怎样几世修来缘分又如何？在世俗里也显得晦暗无光。一个是汉人、一个是满人的不争事实，一早就注定了他们爱情的悲剧。

到了康熙南巡结束之时，他们不得不分开。他虽然是富贵公子，仍然无力掌握自己的命运。

他，没有任何一丝办法将她带回京城相伴。

他，深知满汉之分的无情残酷，以他尊贵的满族血统和一个汉人女子相爱已然越轨，若要将她接到京城纳为妾，断无可能。尽管有无数个时刻，他想放弃一切荣华富贵，做一个隐世之人，然而这太过理想，现实的残酷使他无法随心所欲。

若给不了一个人幸福，唯有放手。

于是，他们在一个夜凉如水的时刻挥手泪别，约定有缘再聚。

分别之后，他在京城满怀相思，写下无数深情的词作：

而今才道当时错，心绪凄迷。红泪偷垂，满眼春风百事非。

情知此后来无计，强说欢期。一别如斯，落尽梨花月又西。

——《采桑子》

她在江南，望穿秋水，登遍高楼，抚遍栏杆，日日等待归人。

世间爱恋最痛苦莫过于此，明明深爱却不能相守，只能让人追问：这世间情为何物？！

贰·恨有缘无分

他虽生于钟鸣鼎食之家，却郁郁寡欢。

他虽效力于金戈铁马的军营，出入云谲波诡的官场，然而他内心始终落寞，不沾半点世俗之气。

他曾有词如此：

非关癖爱轻模样，冷处偏佳。别有根芽，不是人间富贵花。

谢娘别后谁能惜？漂泊天涯。寒月悲笳，万里西风瀚海沙。

——《采桑子·塞上咏雪花》

每每读到这阕词，我都觉得他站在秋风萧瑟里，那迎面的万里黄沙中有他数不尽的落寞。

曾经，他有一个青梅竹马的美貌表妹，黑发如丝，双眸似水，他一直以为她会成为自己的女人，所以一直等，谁知几年后她却被选入了宫中，做了皇妃。

他的寂寞，应是从那时就生出来了的。

如同一个绚美如蝶的梦，他的初恋破碎一地，空留遗憾。

当他娶了卢氏为妻，也没能完全将表妹忘记。直到表妹郁郁而终，他才惊觉原来深爱竟也会催人死。所幸，心伤之余，他亦幡然醒悟，"满目山河空念远，落花风雨更伤春。不如怜取眼前人"。

他感知到了她的体贴温柔，亦知她也是吹花嚼蕊弄冰弦、赌书消得泼茶香的聪慧之人，于是不愿再辜负一人，决定与她琴瑟相和，"绣榻闲时，并吹红雨；雕栏曲处，同倚斜阳"。

只是好景不长，他们夫妻只恩爱了三年，卢氏就因难产而亡。曾经那么难以忘却表妹，终于转而爱上别人，竟也不能长相厮守，该是一种多么痛的滋味。悲痛之中，他赋词一首：

尘满疏帘素带飘，真成暗度可怜宵。几回偷拭青衫泪，忽傍犀奁见翠翘。

唯有恨，转无聊。五更依旧落花朝。衰杨叶尽丝难尽，冷雨凄风打画桥。

——《于中好》

因为思念，他一夜未眠。偏偏新的一天又不是艳阳高照，依旧是凄风苦雨，让人怎不心生厌倦之气？

失了一生红颜，失了一世所爱，他便见不到幸福的可能。

那一年，他也不过二十三岁，却感觉再也爱不了人。若不是遇到她，或许这一世他会孤独终老。

她，是个聪慧的女子，亦是他的知心伴侣。只是，天意弄人，他们好不容易于千万人之中遇到彼此，却因为满汉不能通婚的世俗规定而被迫分开。

他素来多愁善感，或许是文人的缘故，亦或许是因为他满腹才情，在爱而不可得的情况下，他只有用一阕词来表达自己的怨尤。

昏鸦尽，小立恨因谁。

急雪乍翻香阁絮，轻风吹到胆瓶梅。心字已成灰。

——《忆江南》

据说，这阕词是他站在沈宛走后的小院里所作，他痴痴地望着那篱笆角落里的蜡梅，寒雪纷飞里，他看到的全是她影影绰绰的样子。冷风吹过，惊醒一场美梦，梦碎，只觉一阵阵心灰意冷袭来，似飘雪飞花。

爱情中最怕的是有缘无分，那是一种蚀骨之痛，令人无法喘息。更何况，这发生在为爱而生的纳兰身上，这痛又加重了几万倍。

渐渐地，他萎谢了。

叁·自古深情难相守

那一年，为了他，沈宛不问结果，勇敢地跟着他回到京城的府邸。

蕙质如她，一早就深知嫁给他只能是个梦。果然，当他提出要和她成亲时，他的父母极力反对，社会舆论亦是一片哗然。幸而纳兰铁心决绝，才没有辜负她这一片痴心。

这一次，他们顶着巨大的压力，胜了这一仗。不过也是微胜，因为他们没有获得夫妻之名，她只能做他藏起来的妾。

在德胜门大街上的一处小院子里，他们过着没有名分的同居生活，他们之间的爱情也在他跟父母的争斗之间遍体鳞伤。

快乐总是有代价的，欢颜更是如此。

为了争取到这一点爱情，纳兰做出的让步是暂不归隐竹林，而是继续为朝廷做事，做那些他自始至终都心怀抵触的事。所以，他的不快乐在他们在一起之后越来越甚。每天上朝的他犹如行尸走肉，下朝后还要去给父母请安，照顾妻儿。那时，他还有续弦的妻子官氏，虽对她没有多深的感情却要尽丈夫的责任和义务。最后才能腾出一些时间来奢侈地跟她相聚。

许多时候，她就像是偷来的，不可光明正大地存在于日光之下。

空有爱情终究抵不过柴米油盐，他们在折磨与煎熬中日渐疲惫。

她既敏感也善良，不忍心看着自己深爱之人为爱憔悴神伤。于是，在一个又一个无眠的夜之后，她提出要暂别京城，回江南老家一段时日。

其实，她又何尝真想离开？如果可以，她愿意一生一世都陪伴他左右。但是，她不想因为爱的私心让他与父母之间的裂痕日益加大，导致他变得郁郁寡欢。这是她不想看到的，她希望看到的是笑逐颜开、快乐的他。

她必须决绝地离开，一如她决绝地来一样。

纳兰当然不舍得她离开。然而，她太寂寞了，在无形的压力下日渐消瘦，愁容满面的样子让他心疼。这不是他想看到的，他知道这也不是她想要的状态。于是，他放手让她离开。

就这样，她带着满腔愁绪匆忙回到了江南。

　　然而，她万万没料到的是，她这一走，他们之间竟成了永别。

　　春草渐稀，春光渐瘦，什么都可以沾湿她的双眼。原来，永别是这么轻易，让人不胜恐惧。

　　那应是她回江南不久。他突发寒疾，将生命永远定格在了三十一岁。

　　据说，那一天正好是卢氏去世的八年忌。

　　这命运，说来也真是爱跟她开玩笑。她拼尽一生的力量为了他，跟随他，然而到了最后他去世时，她却未能在他身边。她本想再过段时日，或者她去京城，或者他来江南，他们重新欢聚。因为，她已怀了他的骨肉。

　　然而，一切都成了泡影。

　　在他长眠的梦里，他与心爱的卢氏相聚，将无尽的悲伤及蚀骨的思念都留给了她。

　　是年秋天，她生下了遗腹子富森。然而，因她是汉人出身，连妾的名分都没有，断然不能凭子而贵，刚生下的孩子就被带回了纳兰府。

　　从此，她真正孑然一身。

　　后来的岁月里，她幽居在江南一处深深的庭院里，再不与人往来，守着她与他的信约，常常念着他的《忆江南》，度过一山又一山、一水又一水的寂寞悲凉。

自古深情难相守，说的便是他们这般！

而他的那一阕"人生若只如初见，何事西风悲画扇……"，恰是他和她的故事的最佳写照。

尾语

　　人生一世，不过一"情"字。他这一世，"情"贯穿了他的一生一世。

　　为了情，他这一生经历了太多苦痛，正如他的那一枚刻有"自伤多情"字样的闲章。瘦尽灯花、寂寞深宵里，先是爱而不可在一起的表妹，再是情投意合的卢氏，最后是红颜知己沈宛。然而，每一次都那么曲折万千，每一次都没能得到圆满。

　　或许，正应了那句"自古多情伤离别"的话。

　　还是他那句"人生若只如初见"好，若能一切如初，这人世间会少很多忧伤。

　　于女子而言，似他这般深情的男子世所罕见。几百年过去，世人依然钟爱他的绕指柔肠、如海深情。

如此多情的才子，殊为难得。天生富贵，丰神俊逸，他浊世里真正的翩翩公子。然而，最难得的还是他的重情重义。他不曾辜负过他爱过的任何一个女子，也未曾有过任何薄情。

终于明了，沈宛为了他甘愿一生空寂守候。

红尘相遇，一念一生

第十三卷

陈芸 与 沈复

浮生若梦，为欢几何

红　尘　相　遇，　一　念　一　生

那一年，那一刻，那一次不经意的回眸。

就此，酿成一段情缘。

浮生一世，她与他布衣菜饭，可乐终身。

她离去后，他为此写下那动人心弦的《浮生六记》，说尽"察眼意，懂眉语，一举一动，示之以色，无不头头是道"等甜言蜜语。

后世之人阅之，知这世间男女在相逢和有生的年月里，原可以有"日消情长"的美满。

零·浮生一世，得一心人

　　他和她的情话，后世记载里没有，都记在了他自己写的那本薄薄的名为《浮生六记》的小册子里。

　　《浮生六记》只流传下来四部分，前三部分皆讲述了他们二人微小而温暖的日常。两百多年来，无数人为之感动且沉醉不已，并因为他们之间绵延不绝的爱意，感受到这世间爱情的美好。

　　他们生逢太平盛世，相识于幼时，是两小无猜的青梅竹马，于十三岁时订下婚约，中表姻亲，可谓亲上加亲，很讨双方家长的欢心，加之他们情投意合，可谓金玉良缘。

　　婚后，他们"鸿案相庄廿有三年，年愈久而情愈密"，胜却人间无数。

　　那是爱情最好的模样。

　　他们虽性情、习惯、才情各不相同，然而癖好于彼此而言皆同，两人都属于"胸无大志"之类。作家安妮宝贝曾说，他们一个是"多情是佛心"，一个是"不俗即仙骨"，一对草芥般微渺的人，来到世间缔结姻缘，如此相知欢好，皆因前世累积的善缘。

　　诚然，若非如此，怎会有他们这一对活在烟火人间却不食人间烟火的恩爱夫妻？

　　他是个清浅本真的人，且至情至性，视世俗如浮云，唯一愿意黏缠着的是妻子芸娘。而他的芸娘，他的温婉的妻，是可以和他一起"课书论古，品月评花"的知己、良友。

　　她陪他喝酒，领会他教给她的酒令，一起玩耍；她陪伴他写诗作文，可长时间与其讨论，或杜甫，或李白，都可以对答应和得来；更可于微小事物中玩味心意，比如在夏日闻到茉莉香气时，他说："此花必沾油头粉面之气，其香更可爱，所供佛手，当退三舍矣。"她立即应和道："佛手乃香中君子，只在有意无意间。茉莉是香中小人，故须借人之势，其香也如胁肩谄笑。"情趣虽小，却羡煞世人。

　　除了像良友，像知己，她还是一位贤妻。

　　一位女子如果具备了贤妻良母的品性，还可与夫君亦友亦知己，便可以轻易抵达男子的灵魂深处。如此，便可俘获男子的真心，被他安放在心底，珍爱一生。

　　芸娘，便能如此。

在她存在于他生命中的那些日子里，她始终是他心头的最爱。

知情、知趣、通情达理、温柔大度、饶有情趣的她，是千载难逢的红颜知己、闺房佳伴。她"能察眼意，懂眉语，一举一动，示之以色，无不头头是道"，只有他可以与她匹配，与她并肩赏月，即使沉默也是絮语柔肠，一切尽在不言中，妙意无穷。

更暖心的是，她对他的殷勤不仅郑重回应且充满爱意：他每每过来之时，她必起身相迎。若在暗室相逢，或窄途邂逅，她必会轻轻握住他的手，问他去何处。这样的和谐，让他很疑惑："独怪老年夫妇相视如仇者，不知何意。"

世间夫妻，能如此相待的真是凤毛麟角。

芸娘的好，芸娘的知心会意，让他感动莫名，为此镌刻了两枚"愿生生世世为夫妇"的图章。他执朱文，芸娘执白文，作为往来书信之用。后来，为了家中生计，他出门远行，他们二人便日日书信往来。他把外面的趣事写给她看，她则告诉他家中的荷花已开，只待他归来泡茶赏荷。彼时，虽车马很慢，但让人终日只念一个人。在鸿雁的往返之中，在他们的情思飞转里，都有着"愿生生世世为夫妇"的影子。

他淡泊世俗，她和他一样，她愿"买绕屋菜园十亩，课仆妪，植瓜蔬，以供薪水。君画我绣，以为持酒之需。布衣菜饭，可乐终身，不必作远游计也"。

他和道："惜卿雌而伏，苟能化女为男，相与访名山，搜胜迹，遨游天下，不亦快哉！"

她说："此何难，俟妾鬓斑之后，虽不能远游五岳，而近地之虎阜、灵岩，南至西湖，北至平山，尽可偕游。"

他说："恐卿鬓斑之日，步履已艰。"

她说："今世不能，期以来世。"

他们的情话缱绻浓稠，羡煞世人。

然而，自古世事难全，芸娘为公公招邻家嬉游女而失爱于婆婆，为夫弟借贷作保，触怒公公而被逐。无奈之余，他们二人只得别子远行，寄居在外。条件艰苦，加之本身体羸弱，不久她便血疾发作，病痛缠身。即便如此，她还念着他，临终还诉说着对他的深情："愿君另续德容兼备者，以奉双亲，抚我遗子，妾亦瞑目矣。"死前，执夫手，断续叠言"来世"二字。

人生在世，获一知己足矣，获一爱人知己更是三生造化。

芸娘去世后，他深深怀念他们之间的深情往事，将其一一诉诸笔墨。

于是，二百多年后的我们才得以读到这般情深意浓的情话。他细碎地写，依稀可见到芸娘于轩窗外低头绣花的模样，一如当年初见……他知道，这一生除了她，再无人可以入他的心了。

她，给了他此生最好的爱情。

壹·初识，她即成他眼底抹不去的痕

那一年，沈复十三岁，跟随母亲去舅舅家做客，偶见表姐陈芸在作诗，不禁仰慕起她的才思隽秀，一颗爱慕之心油然而生。

于是，在回来的路上，他就跟母亲表示："若为儿择妇，非淑姊不娶。"

那之后，再见她时，他依旧被她深深吸引。尽管那时的她两齿微露，但"削肩长颈，瘦不露骨，眉弯目秀，顾盼神飞"，然而，在男子的心中，兰心蕙质的女子最让人倾心。

陈芸，字淑珍，别名淑姐，是沈复舅舅家的长女。生于乾隆二十八年（1763年）正月，比他大十个月。论辈分的话，她是他的表姐。四岁时，陈芸的父亲去世，从此她就跟母亲和弟弟相依为命。陈芸自小聪慧，学说话时，听一遍《琵琶行》便可背诵，然而，因为她是女子，亦因父亲早逝，生活艰难，她的才情便被淹没于时光里。她精通女红，随着年龄渐长，开始担负起养家的重担。

能与沈复相知相悦，是她的幸运。

乾隆四十年（1775年）七月十六日，沈复的母亲以金戒为聘礼，和陈芸的母亲缔结了两家孩子的婚约。于是，他们二人在双方家长的成全下，有情人终成眷属。这无疑是一段金玉良缘，要知道当时有多少因父母之命、媒妁之言而缔结的婚姻都是无爱的。

新婚之夜，他们比肩调笑，一如密友重逢般的美好，洋溢在他们周边。吃夜宵的时候，他让她吃，她推说适逢斋期。他这才恍然记起，她吃斋的日子是他出水痘的日子。那一刻，他的心底荡漾着暖意，也明白原来不是只有自己心仪她，她也对自己情深意重。之前，她为他闺房藏粥，而今为他坚持吃斋，能得此贤妻，真是三生修来的福分。

自此，他们便亲如形影，琴瑟和鸣。

古时说"女子无才便是德"，其实也不尽然。陈芸的才情，便成就了她的完满。她心性明智，始终尊敬父母长辈，和气待人；她富于才情，常与夫君寓雅谑于谈文论诗之间。像这样的相处，无才的女子是断然做不到的。

芸娘的聪慧、灵性，最让后世叹服。她和夫君谈得来文学，对得上诗词，且常有独到的见解和妙语；她烧的菜，被沈复赞誉为

"别有一番味道"；她在生活中更是处处有新意，勤俭有度，又尽显情趣。最被人称道的是，她的兴趣爱好随夫君，又可锦上添花。她曾为夫君设计过一种适于郊游的流动小灶，让众人乘兴而去，兴尽而返，皆为沈复有妻如此艳羡不已；她制作的昆虫标本栩栩如生，让见多识广的沈复都心悦诚服。

最难得的是，她不似寻常女子，从不囿于闺阁。她常伴沈复游山玩水，与沈复的朋友们皆相处融洽，既能开玩笑，也很有人情味；既能红袖添香、温柔缱绻，又能悠游相伴、谈天说地。这样的女子，放在如今，也少有人能企及。

彼时，她这位知书达理、色艺双绝的女子，每每被人盛赞不已。

沈复也称赞她："芸一女流，具男子之襟怀才识。"

诚如是。沈复虽有男儿的洒脱性子，但内心藏有一颗精致温柔的女儿心，正如他自己所说，"能张目对日，明察秋毫，见藐小微物，必细察其纹理，故时有物外之趣"。由此，他才可体会和感知女子的美：他见芸娘回眸微笑，"便觉一缕情丝摇人魂魄"；久别重逢，会"觉耳中惺然一响，不知更有此身矣"。

女子如果能遇到这样的男子，其姿容、身心都会绽放如花。

在沈复心中，她是他青梅竹马的玩伴，也是他温婉贤惠的爱妻，更是可以一起"课书论古，品月评花"的友人。

这一辈子，她都是他放在心头、相爱一生、永不分离的挚爱。

贰·得一心人，可欢颜无限

对他们而言，这一生能在一起，便是无限美好。

最初，他们亦偶亦友亦知交，始终相知相惜。

芸娘"作新妇……每见朝暾上窗，即披衣急起，如有人呼促者然"，他便如影相随，"虽恋其卧而德其正，因亦随之早起"。要知道那时可是男尊女卑，女子须早起洗手做羹汤，男子大可以高枕酣睡，但沈复并不如此，足见他待她的好。

芸娘未曾因他待自己好而有所傲，而是始终对他恭敬有礼，她知道"世间反目，多由戏起"。

就这样，二人在相知相伴的岁月里始终举案齐眉，相敬如宾。

一日，沈复应友之邀观赏太湖之神诞辰祭拜盛况后，为弥补芸娘"惜妾非男子，不能往"的遗憾，竟心生一计，让她女扮男装，带她夜观水仙庙"花照"。又一日，他遵从父命将赴吴江吊丧，芸娘又"欲偕往，一宽眼界"，他亦不惜慨然满足。

如此体己的他，让她不由得生出"知己如君，得婿如此，妾已此生无憾"的慨叹。

她也善解人意，"笑之以目，点之以首"，与他心心相印。

诚然，他们这对璧人自成亲之日起，因心心相印，虽过的皆是柴米油盐的日常，却因为爱情在小物小事中获得诸般情趣。比如，他们租一间位于菜园里的房子来避暑，纸窗竹榻里皆见幽趣。

她在院子里种上喜欢的菜，然后不辞辛苦地摘收，再亲自下厨为他烹饪佳肴；闲暇时，她会坐于房中织布缝衣，用娴熟的女红技艺绣风雅又喜人的图案于衣裳之上。

他们也会一起在柳荫下垂钓，或就着月光对酌，后微醺而饭；或洗完澡着凉鞋持蕉扇一起纳凉，听邻里老人高谈因果报应之事，而后三鼓而卧。

芸娘还在院子里种了菊花，到了中秋节的时候，邀请母亲过来一起赏菊吃蟹。

对于他们二人，这真是一段神仙眷侣般的日子。他们这对佳偶，守着一屋一畦，安然地度过一生，确也是一件美事。

再比如，夏日，她看到荷花"晚含而晓放"，便于夜间用小小的纱囊取来少许茶叶，置于荷花的花心之中，翌日的拂晓时分她亲自去取出，煮上泉水将其冲泡，茶香里满蕴着荷香之味，煞是让人心怡。她每每会将如此冲泡的茶端给他，他便在轻拨茶盖之时沉醉不已，任香气萦绕鼻间心上。

再次相伴赏荷时，他便只觉荷花菡萏不及身旁芸娘的美。

缠绵缱绻里，他们尽情沐浴在俗世的美好之中。

情真意切中，他请人来专门画了一幅月老图，每到月初或月中，他们便焚香祷告。偶有闲话，她遗憾地对他说自己身为女子无法伴他远行畅游山河，愿"今世不能，期以来世"。他则宽慰她说：来世你做男子，我来做女子与你相从。她听后感慨道，"必得不昧今生，方觉有情趣"。他说：今生我们连年少时一碗粥的事情都可以说个不休，若来世没忘记今生的话，再结婚时一起细谈曾经，恐怕会说得没有时间合眼。

因为深情，他们才能说出这世间最美的情话。

这样美好的两人，活在世间相依相伴的日子，始终因为喜好相同、性情相投而内心丰盈。这不是金钱可以买到的，亦不是亲情可以达到的，而是需要惺惺相惜以及纯粹的爱意。

双方只有互相感恩、珍惜，才能得到彼此的心，一展欢颜。

叁·历经风雨，唯愿不经别离

这世间，再怎样恩爱的男女，也不能做到日日全是新婚的美好，因要食人间烟火，要为生计奔忙。

"欢娱易过，转睫弥月"，他要远行，她强颜劝勉，帮他整理行装，并小声叮嘱他要好好照顾自己。然而，因太过相思，没过多久他便返回了。他宁愿不要功名利禄，也要多与爱妻朝夕相处。

与她缠绵相伴的岁月里，他不要别离。

这之后，他们在沧浪亭度夏，因为天气过于炎热，她索性将女红搁置，而专心终日与他做伴，陪他"课书论古，品月评花"，畅谈文学诗词。

对于如此恩爱的他们，每一天都是风和日丽、春暖花开。

他们一起焚香插花，制作鲜花屏风。她"拔钗沽酒，不动声色，良辰美景，不放轻过"；沈复的母亲生日那天，大家一起看戏，父亲却点了一出悲剧，陈芸看了伤感万分，沈复素来细心，察觉出了她微妙的思绪变化，于是快速换了喜剧，以抚平她的惆怅；油菜花盛开的时节，他们会与友人一起，带着席垫到南园，心思巧妙的她为了让大家不喝冷酒，特意向人雇了一个馄饨担来加热煮食。"是日风和日丽，遍地黄金，青衫红袖，越阡度陌，蝶蜂乱飞，令人不饮自醉。"他们在春光里品茗、喝酒、烹肴，在一片杯盘狼藉里或歌或啸，不亦乐乎，直到夕阳西下，还买米做粥，喝完后才大笑而散……

人间之乐，莫过于此。

关于他们的种种美好，他曾如此深情地写下这样的锦句："芸卸妆尚未卧，高烧银烛，低垂粉颈，不知观何书而出神若此，因抚其肩曰：'姊连日辛苦，何犹孜孜不倦耶？'……遂与比肩调笑，恍同密友重逢。戏探其怀，亦怦怦作跳，因俯其耳曰：'姊何心春乃尔耶？'芸回眸微笑。便觉一缕情丝摇人魂魄，拥之入帐，不知东方之既白。"

这段优美纯情的嬉戏文字，曾让无数人为之心动不已。

在他们日渐老去的光阴里，他们仍然会在自家走廊里相遇时忍不住悄悄执手一握，低语相问。

世间夫妻，若能像这样在平凡相守的日子里缠绵，不断相看不厌的情深意浓，确也是令人荡气回肠的。

然而，世态终究炎凉，世事终究难两全。

在相处的日子里，有人说起纳妾的事由，她便赌气似的一定要为丈夫物色更好的妾来。她当真物色到一位女子，竟大方地拉着人家一起游山玩水。当他谢绝，她竟回答，"我自爱之，子姑待之"。然而，这不过是她的一厢情愿，很快那位女子就跟了一个有钱的男子。她的心思落空，一切付出付诸东流。

其实，所幸没有纳妾成功。如果成功，虽是她情愿，然而心爱的男子每天有其他女子相伴，也是让人心酸的事。

渐渐地，事端亦出。

自古婆媳最难处，她的处境亦然。何况他们夫妻感情如此之好，更易招致婆婆的妒忌。更不幸的是，她不得婆婆的心，还不小心得罪了公公。于是，在公婆跟前，她如同罪人一般很不招待见。雪上加霜的是，她帮小叔作保借款的事也出了纰漏，债主催急，小叔不仅不承认，而且反咬一口，在父母、人前说她多事。

哑巴吃黄连的事，她全认了。她连称呼都被公婆二人挑剔。最后，公公一声令下，让他们远走，不要再和他打照面。他再怎么疼惜她，也还是要屈服于忠孝，带着她去别处居住。直到两年后真相大白，他们才得以回家团聚。然而，有曾经的不快梗在那里，心便回不了当初。

她的身体，渐渐垮了。

可屋漏偏逢连夜雨，公婆又因琐事迁怒于她，又做出了驱逐之举。无奈之下，他们只得靠卖字画为生。恰逢友人找人绣《心经》，仅限十日完成。迫于生计，又因迷信绣经可以消灾降福，于是，在十天的时间里，她拼了命将经绣完。结果，病情更加严重。

而这还不是最让人绝望的。最让人绝望的是，他偏偏替友人借债作了保，友人还不上，债主便让他负责。

父亲驱逐，债主追门，家里是没法待下去了，于是，他们决定到乡下姐妹家养病暂住。安排妥当之后，他远行去讨多年前借出去的钱，囊中羞涩，节衣缩食，最终讨回了一部分钱款。

归来后，他们在外租了间房子。不久，他在友人的帮助下找到一份"代司笔墨"的差使。只是好景不长，还是赋闲了下来。她的病情越来越重，为了生活，她强颜鼓励他去做自己的事业。

他只能再次远行，因身上无钱而借宿荒野一处土地庙，其景苍凉之极。

她的生命已进入倒计时。弥留之际，她说："忆妾唱随二十三年，蒙君错爱，百凡体恤，不以顽劣见弃。知己如君，得婿如此，妾已此生无憾。"

彼时，他心如刀绞。

　　这一世虽不长，也历经风雨，然而，他没有一刻想过要和她别离。而这一次，他们却要别离了，而且是生离死别。

　　从此，他将孤灯一盏，肝肠寸断。

尾语

她去世之后，他忆起她的种种之好，不能自拔。

于是，他开始写关于自己和她平生往事的《浮生六记》。尽管他又有了一个新的女子相伴，"赠余一妾，重入春梦。从此扰扰攘攘，又不知梦醒何时耳"，然而，只有他自己心里清楚，这不过是虚幻一场，他再也没有多余的真情给予他人。

"情如剩烟，才如遣电。"一切的一切，皆灰飞烟灭……

然而，于后世，人而言，两百多年前他在细碎的文字中记载的关于他和她的那些花好月圆、风花雪月，堪称两情相悦、两相缱绻的最好示范。

作家安妮宝贝说："他们早已知晓这时间和无常的秘密，所以，在相逢和有生的年月里，释放尽所有的美和情感。"

　　诚如是。这浮生一世，于他们始终是"愿得一心人，白首不相离"的执念和愿望。

图书在版编目（CIP）数据

红尘相遇，一念一生 / 桑妮著.—长沙：湖南文艺出版社，2018.2
ISBN 978-7-5404-8496-5

Ⅰ.①红… Ⅱ.①桑… Ⅲ.①随笔—作品集—中国—当代 Ⅳ.①I267.1

中国版本图书馆CIP数据核字（2017）第321180号

上架建议：畅销·文学随笔

HONGCHEN XIANGYU，YINIAN YISHENG
红尘相遇，一念一生

作　　者：桑　妮
出 版 人：曾赛丰
责任编辑：薛　健　刘诗哲
监　　制：于向勇　秦　青
策划编辑：岛　岛
营销编辑：刘晓晨　罗　昕　刘　迪
封面设计：白砚川
版式设计：李　洁
内文排版：麦莫瑞
封面插画：石家小鬼
内文插画：龙轩静
出版发行：湖南文艺出版社
　　　　　（长沙市雨花区东二环一段508号　邮编：410014）
网　　址：www.hnw.net
印　　刷：三河市中晟雅豪印务有限公司
经　　销：新华书店
开　　本：875mm×1270mm　1/32
字　　数：162千字
印　　张：8.5
版　　次：2018年2月第1版
印　　次：2018年2月第1次印刷
书　　号：ISBN 978-7-5404-8496-5
定　　价：38.00元

若有质量问题，请致电质量监督电话：010-59096394
团购电话：010-59320018